Katzenkiller

KATZEN-KILLER

Sternwald Verlag

Die Deutsche Bibliothek - CIP-Einheitsaufnahme
FREIBURG-Krimi: KATZENKILLER
Freiburg: Sternwald Verlag, 1995
ISBN 3-9804390-0-3
NE: Heyberger, Renate; Marquardt, Udo

© 1995, Sternwald Verlag Freiburg/Brooklyn
Hans-Albert Stechl
Sternwaldstraße 26
79102 Freiburg
Tel. 0761/31414
Fax 0761/24302
www.sternwaldverlag.de

71, North 7th Street
Brooklyn, NY 11211

Alle Rechte vorbehalten

Titelgestaltung: Andreas Verstappen, Dieter Weber
Druck: fgb · freiburger graphische betriebe
www.fgb.de

Inhalt

Requiem für Karlo	7
Um Kopf und Carmen	14
Sideboard-Secrets	18
Ein Fall für Boß	21
Tea for Two	28
Sizilien ist überall	38
Schwarze Messe	44
Apfelkuchen und Intrigen	53
Sex and Crime	60
Nacht und Nägel	68
Hämmerle greift an	78
Kamikaze	84
Vom Winde verweht	89
Schwester Susi	98
Freiburg-Blues	104
Tote Vögel singen nicht	111

Requiem für Karlo

Der Himmel über dem Münster ist blau. Es ist 11 Uhr und die Spätzleglocke läutet. Jetzt tunken die Freiburger Hausfrauen ihre Spätzlebretter leicht ins kochende Wasser und schaben, was der Schaber hergibt.

Auf dem schönsten Turm der Christenheit drängeln sich die Touristen. Hin und wieder spuckt jemand aus himmlischen Höhen aufs Kopfsteinpflaster. Drunten feilschen ein paar Zugereiste um den Pfundpreis für Kaiserstühler Kirschen. Wie jeden Tag ist Markt. Und jetzt, so kurz vor der Mittagszeit, ist das Gewühle groß.

Vor den Würstchenbuden bilden sich erste Schlangen. Noch sind es Touristen. Bald werden es Banker sein und Beamte der mittleren Laufbahn aus dem nahen Regierungspräsidium im Basler Hof. Ab und zu mischt sich sogar der Regierungspräsident persönlich unters Volk, um seine "Rote" zu essen. In Freiburg geht es bodenständig zu.

Ein paar Meter weiter in der Herrenstraße streift ein sanfter Fischgeruch übers Pflaster direkt auf das Erzbischöfliche Ordinariat zu. Die Arbeiter im Weinberg des Herrn sitzen noch über ihren staubigen Akten. Eine diensteifrige Politesse hat einen Radler vom Fahrrad gezerrt und zetert. Grinsend strampeln ein paar Artgenossen verkehrt rum durch die Einbahnstraße an ihnen vorbei. Direkt gegenüber vom Schwarzwälder Hof hat ein Emmendinger seinen Benz mit dem linken Hinterrad ins Bächle gesetzt und flucht. Ein paar Einheimische klatschen Beifall. Eine hupende Schlange staut sich hinter einem Lieferwagen bis Oberlinden. Dort blockiert der Stau die Weiterfahrt der Linie 1 Richtung Bertoldsbrunnen. Vor dem Roten Bären sitzt eine Gruppe Holländer beim dritten Bier und beobachtet das Chaos im Schatten des Schwabentores. Freiburgs Innenstadt wie sie leibt und lebt.

In der Wiehre herrscht um diese Zeit Ruhe. Die Mütter stehen in der Küche und raspeln Bio-Möhren. Der akademische Nachwuchs weilt noch in der Schule. Die Väter sind auch noch dort. Die Kindergärten schließen erst in einer halben Stunde.

Im vierten Stock eines Hauses in der Zasiusstraße liegt Jean-Marie Hämmerle im Bett und träumt dem Tag entgegen. Nur sein Schnorcheln unterbricht die Stille in regelmäßigen Abständen. Hin und wieder öffnet sich sein herzförmiger Mund, als wollte er was Süßes schnappen. Die Decke ist ihm vom Wanst gerutscht und gibt den Blick auf einen massigen Körper frei. Seine dicken Finger sind über der Brust gefaltet. Der kugelrunde Kopf ruht leicht zur Seite geneigt in den weichen Tiefen des Kissens.

Auf der Straße hupt ein Auto. Jean-Marie ächzt und reibt sich die leicht bordeauxrote Nase. Mühsam wälzt er seine 227 Pfund auf die Seite und angelt mit geschlossenen Augen nach der Nickelbrille. Es ist Dienstag und zu früh.

Um diese Zeit gibt es auch in der behäbigen Breisgau-Metropole nur wenige, die noch nicht gefrühstückt haben. Dazu gehören Jean-Marie Hämmerle, dessen Freund Dieter Pikulski und Hämmerles Sittich Peterle. Nach einer flüchti-

gen Reinigung klemmt sich Jean-Marie in seine Standard-
kluft: Socken und Boxershorts von vorgestern, eine zeltgroße 501 in verwaschenem Blau, das T-Shirt vom Vortag
und eine winzige, ockergelbe Lederweste, die schlank
machen soll. Schließlich noch ein Paar Birkenstocksandalen.
Dann ist Peterle dran. Mit dicken Fingern zwängt Hämmerle
Körnerfutter durch die Käfigstäbe und krault seinen Lieb-
ling am Schnabel:
Also, ich geh jetzt frühstücken, Peterle.

Wie immer gibt es draußen zu viel frische Luft. Hämmerle
atmet flach, so spannt das T-Shirt weniger. Von der Zasiusstraße bis zu Dieter Pikulskis Wohnung in der Salzstraße ist
es weit, wenn man zu Fuß gehen muß. Zwar gehört Jean-
Marie zur ständig wachsenden Gruppe der humanistisch
gebildeten Taxifahrer ohne Abschluß, aber sein Wagen muß
jetzt noch irgendwo in der Altstadt im Parkverbot stehen,
falls man ihn seit der vergangenen Nacht nicht abgeschleppt
hat. Nach vier Flaschen Bordeaux fährt auch ein Jean-Marie
Hämmerle nur noch im Dienst oder im Notfall.
Langsam schlappt er die Zasiusstraße an der schier endlosen
Reihe der Wohnmobile entlang. Mit den Caravans ist es wie
mit den Zugvögeln, denkt Jean-Marie. Mal sind sie da, mal
nicht. Jedenfalls kann man an ihnen ablesen, ob die Schulfe-
rien angefangen haben. In der Wiehre gehört es gewissermaßen zum guten Ton, seine Einstellung in den Staatsdienst
mit dem Kauf einer fahrbaren Zweitwohnung anzuzeigen.
Während Hämmerle sinnend Richtung Schwarzwaldstraße
geht, kommen ihm die ersten Kinder aus der Schule entgegen. Die Gören müssen ihn kennen: *Hämmerle, Schlemmer-*

le, hat am Arsch 'n Klämmerle, quäkt es hinter ihm her. Ohne Frühschoppen erträgt Jean-Marie solche Schmähungen nur schwer:

Zu meiner Zeit waren Lehrerskinder klüger, schnauzt er.

Gegenüber der Automaten-Emma hält die Linie 1. Hämmerle fährt schwarz bis Oberlinden. Für einen kurzen Imbiß macht er Station in Stähles Bistro. Schließlich kommt seine Großmutter mütterlicherseits aus dem Elsaß nahe Straßburg. Während er genüßlich ein Dutzend Austern schlürft, bohrt neben ihm eine Dame im Seidenkostümchen einen roten Fingernagel in den berühmten und gerichtserprobten französischen Schimmelkäse des Delikatessengeschäftes und schnüffelt an ihrem Finger.

Die Leute haben heutzutage einfach keinen Stil mehr, brummt Hämmerle, rülpst geräuschvoll und wischt sich die Austernreste mit dem Unterarm vom Kinn. Sein Versuch, den Laden unbemerkt zu verlassen, mißlingt. Immerhin heißt es in Freiburg nicht umsonst: Käse kaufe, nit Käse stähle.

Jean-Maries Saufkumpan und bester Freund Dieter Pikulski wohnt neben dem Landgericht. Hämmerle klingelt Sturm. Bei Orkan drückt Pikulski oben auf den Summer. Hämmerle fällt in den Flur und keucht dann die beiden Stockwerke zu Dieters Wohnung hoch. Vor der Tür bleibt er wie angenagelt stehen. Im Dämmerlicht bietet sich ein Anblick, der ihm das Blut in den Adern stocken macht und seinen rasenden Atem noch schneller gehen läßt. An der Tür hängt, jetzt im Sommer, weit nach Ostern, Dieters Kater Karlo. Die Vorderpfoten weit gespreizt, durch jede Pfote einen Nagel. Die Hinterbeine wie gefaltet, ein Nagel für zwei Pfoten. Karlos Kopf hängt schief. Drei feine Fäden Blut sind auf dem Türblatt geronnen. Er hängt wohl schon länger da. Eine Stichwunde in der Seite fehlt. Hämmerle sucht für einen Augenblick nach einem Schild: INRI. Das muß doch anders heißen, schießt es dem Ex-Theologen und Beinahe-Priester Jean-Marie durchs Hirn. Wie sagt man "Karlo, König der Katzen" auf Latein? Karlo, rex und irgendwas oder so.

Hämmerle klingelt erneut Sturm, diesmal an der Wohnungstür.

Dieter! brüllt er.

Drinnen rührt sich was. Die Tür öffnet sich einen Spalt. Pikulski trägt Sonnenbrille. In Jean-Marie regt sich wie so oft die Todsünde des Neides, die er als Ex-Theologe zwar durchaus zu verdammen weiß, nur hat er keine Ahnung, wie das gehen soll. Sogar in diesem voll verkaterten Zustand sieht Dieter immer noch gut aus: Dreitagebart, Knopf im Ohr, markiges Kinn mit Kirk-Douglas-Grübchen. Unter dem Bademantel spielen die Muskeln und lassen das Goldkettchen auf seiner Brust regelrecht hüpfen. Hämmerle schiebt seine Eifersucht für den Moment beiseite:

Scheiße, Dieter. Warst du heut schon draußen?

Wie spät issen?

Spät. Zu spät für Karlo. Karfreitag quasi.

Der hängt sicher wieder irgendwo rum. Pikulski gähnt und läßt den Kiefer krachen. Er weiß also noch nichts. Hämmerle atmet schwer vor Verantwortung. Wie sagt man seinem besten Freund und Trinkgenossen, daß ihm der Kater gekreuzigt worden ist? Ihm fällt nicht viel ein:

Du mußt jetzt stark sein, Dieter. Karlo ist nicht mehr unter uns.

Wo denn dann? Pikulski steht auf dem Schlauch. Hämmerle versucht es schonend:

Ich würde sagen, genau zwischen uns.

Nie.

Doch.

Quatsch.

Mach endlich die Tür auf.

Drei Cognac später heult Dieter immer noch. Die Tür steht offen und Hämmerle mit der Zange vor Karlo. Der baumelt an der rechten Pfote.

Den bring ich um, wimmert Dieter aus der Küche.

Der ist schon tot, denkt Hämmerle und zieht den letzten Nagel aus Tür und Pfote. Karlo plumpst auf den Boden.

Das Schwein, ich bring das Schwein um, tönt es jetzt lauter aus der Küche. Dieter zieht ein Jever aus dem Kühlschrank und schnippt den Kronkorken mit seinem Siegelring runter.

Davon wird Karlo auch nicht wieder lebendig. Hämmerle legt den Leichnam auf den Küchentisch. Er gießt sich Cognac nach:

Wer sowas wohl macht? Weißt Du eigentlich noch, was Du gestern abend gemacht hast, Dieter, nachdem Du aus dem Belle Epoque bist?

Pikulski starrt Hämmerle an:

Du glaubst doch nicht im Ernst, daß ich meinen eigenen Kater an die Wand genagelt habe? Spinnst Du jetzt total?

Hämmerle kennt Pikulski aus gemeinsamen Sandkastenzeiten, als die Welt in der kleinen Lahrer Reihenhaussiedlung am Rand der Ortenau noch in Ordnung war:

Na ja, immerhin hast Du früher Frösche aufgeblasen. Und besoffen genug warst Du gestern abend ja.

Du Arsch. Dieter starrt in sein Glas.

Auch Hämmerle wird tiefsinnig. Insgesamt 34 Semester Theologie, Philosophie, Soziologie und Ethnologie hinterlassen selbst ohne einen einzigen Abschluß ihre Spuren:

Jaja, Karlo war ein kluges Tier.

Klug und schön, hängt Pikulski dem Gedanken nach. *Ob Katzen auch eine Seele haben?*

Zumindest verstehen sie was von Menschen, quasi, behauptet Hämmerle. *Sagt man zumindest.*

Karlo schon, darauf kannst Du Gift nehmen. Vor allem von Frauen. Pikulski kriegt den Katzenblues, Tränen der Erinnerung in den Augen:

Der hat alles gevögelt, was nicht niet- und nagelfest war, oder so. Ein geiles Leben.

Hämmerle packt der Neid:

Wie der Herr so's G'scherr.

Dieter grinst gequält:

Manchmal haben wir hier zu viert, regelrechte Orgien...

Tempi passati, winkt Hämmerle ab und denkt an seinen Hormonspiegel. Tote Hose. Schon viel zu lange.

Um Kopf und Carmen

Die Münsterglocke schlägt drei Mal. Karlo ist in der Zwischenzeit zu einem Helden im Kampf gegen das Establishment geworden. Ein Frauenfreund und ein echter Revoluzzer, immer in vorderster Front gegen Unterdrückung, Ungerechtigkeit und Luxussanierung. Pikulski schwärmt:

Wo Karlo hingepißt hat, wuchs kein Gras mehr. Du hättest ihn sehen sollen, wenn Kopf ins Haus kam, dieser Mietgeier. So'n Buckel und den Schwanz auf Zwölf. Einmal hat das Schwein sogar nach Karlo getreten.

Hämmerle kennt die Geschichten. Seit einigen Monaten droht Dieter die Kündigung. Seine Bude soll in eine Eigentumswohnung umgewandelt werden. Der Hausverwalter Klaus Kopf hatte schon einige Male versucht, Pikulski an die Luft zu setzen. Potentielle Käufer waren auch schon durch die Wohnung geführt worden. Zuerst hatte es Mieterhöhungen gehagelt, die Dieter aber klaglos hingenommen hatte. Im letzten Winter war sogar die Heizungsanlage ein paar Tage lang ausgefallen. Dieter war damals zu Hämmerle ins Asyl gegangen.

Zwischen Cognacschwaden schafft sich jetzt in Jean-Marie ein Gedanke Raum:

Meinst Du Kopf hat...? Der ist doch sicher katholisch...

Es dauert, bis der Rest des Gedankens Pikulski erreicht:

Kopf hat Karlo auf dem Gewissen, genau! Das paßt doch alles zusammen. Wer Katzen tritt, nagelt sie auch an die Tür. Mein Karlo ist ein Opfer der Luxussanierung.

Hämmerle summt:

Gestern hamns den Karlo derschlagn, und heut heut heut wird er begramn.

Kurz vor Ladenschluß ist ein Plan gefaßt. Fehlt nur noch eine große Plastiktüte. Hämmerle holt im Kaufhof einen Bordeaux und eine Tüte zu 15 Pfennig. In Pikulskis Küche laden sie um. Wo der Bordeaux war, ist jetzt Karlo und wartet auf seinen finalen Einsatz im Kampf gegen die Freiburger Luxussanierungsmafia. Es kann losgehen.

Dieter verschwindet in Richtung Grünwälderstraße, wo er allabendlich im Belle Epoque als Barkeeper vor allem die weiblichen Gästinnen verwöhnt. Hämmerle macht sich auf den langen Weg in die Günterstalstraße. Dort liegt, unten an der Kreuzung Lorettostraße, das Büro von Klaus Kopf, Makler, Immobilienhai, Katzenhasser und Verwalter diverser Häuser in der Altstadt. Die Linie 4 Richtung Günterstal hält direkt gegenüber. Jean-Marie klettert aus der klapprigen Tram und klemmt die Plastiktüte mit der Katzenleiche fester unter den Arm.

Im Vorzimmer von Kopfs Büro sitzt zwischen immergrünen Topfpflanzen das, was er für eine Dame hält. Ein Schild auf ihrem Schreibtisch sagt, es handelt sich um Carmen Rodriguez. *Ein Klasseweib,* denkt Hämmerle. Trotzdem bleibt er cool:

Ist Kopf da?
Herr Kopf ist beschäftigt, sagt Carmen und rollt das Rrr in Herr.

Mit Ihnen jedenfalls nicht. Hämmerle pumpt sich auf. 227 Pfund Lebendgewicht, nackt auf der Waage. Eine Bombe in zu enger Lederweste, die kurz vor der Detonation steht. Er zwängt sich an Carmen Rodriguez vorbei, was ihm gar nicht schlecht gefällt.

Herrrrr Kopf, rollt Carmen warnend in Richtung Chefbüro. Aber da ist Jean-Marie schon im Zimmer.

Sie Dreckseckel, dröhnt es aus dem dicken gefährlichen Mann, der eine Plastiktüte schwenkt. Instinktiv geht Kopf in Deckung und duckt sich hinter seinem riesigen Schreibtisch aus Tropenholz. Den Katzenkadaver auf die Platte knallen, das will Hämmerle. Aber er hat nicht mit Karlos Leichenstarre gerechnet. Karlo kommt nicht aus der Tüte. Während Jean-Marie rummacht, nutzt Kopf seine Chance und angelt nach dem Telefon. Genau in dem Augenblick landet Karlo endlich bretthart auf dem Schreibtisch. Kopf schreit auf. Steif wie Karlo schaut er Hämmerle an. Für einen Augenblick ist er nur Augen:

Dich zeig ich an, Du Terrorist! bricht es dann aus ihm hervor.

Hämmerle ignoriert das Du:

Hören Sie mal! Erst die Katzen, dann die Menschen. Wenn hier überhaupt jemand angezeigt wird, dann sind Sie das.

Kopf schnappt nach Worten. Mehr als *Du Du Du* fällt ihm nicht ein, erst allmählich wird daraus ein Satz:

Du spinnst ja! Hau bloß ab hier, sonst... Kopf baut sich drohend vor Jean-Marie auf. Der stolpert rückwärts zur Tür:

Das ist das einzige, was Sie können. Unschuldige Menschen bedrohen, Katzen an Türen nageln und Häuser abreißen lassen, Sie...

Weiter kommt Jean-Marie nicht. Carmen Rodriguez greift mit südamerikanischem Temperament und einer Kanne Kaffee aus der selben Gegend ein. Hämmerle wird's heiß. Er ist naß bis auf die Haut. Es gibt Situationen, da geht man lieber ein Bier trinken.

Sideboard-Secrets

Neben dem Belle Epoque ist das Litfass in der Moltkestraße Hämmerles zweite Lieblingskneipe. Hier ist wenigstens keiner der männlichen Gäste unter 35. Die In-Kneipe für Berufsjugendliche. In Freiburg gibt es zwei Gruppen von ihnen. Die einen sind stolz darauf, Stammgäste im Litfass zu sein, die anderen dagegen haben noch nie einen Fuß in das schuhschachtelgroße Etablissement gesetzt und sind auch stolz darauf. Dem Rest der Welt ist die Kneipe egal.

Jean-Marie hat seinen mächtigen Wanst in ein rosa T-Shirt gedrechselt, das eigentlich der zierlichen Wirtin Dina gehört. Enge hilft denken. Die Lederweste hängt in der Küche über dem Herd und müffelt, während sie hart und trocken wird. Im Belle Epoque geht Dieter seit Stunden nicht ans Telefon. Wahrscheinlich baggert er wieder eine alleinreisende Vertreterin an. Also lastet alles schwer auf Jean-Maries breiten Schultern. Als Edith Piaf singt: Non, je ne regrette rien, ist es Mitternacht und ein weiterer Plan gefaßt.

Eine halbe Stunde später rumpelt die letzte 4 durch die Günterstalstraße. Jean-Marie steht vor der großen Schaufensterscheibe von Kopfs Maklerbüro und schwelgt in Kommunardenzeiten. Der Stein in seiner rechten Hand erinnert ihn an das gute alte Dreisameck, als die Welt noch in Ordnung war und sich gut anfühlte. *Genau wie damals,* denkt er. Nur leider kein Mensch auf der Straße. Es gibt Momente, die sind für einen allein zu groß. Trotzdem muß man hin und wieder auch dankbar sein für die Verödung der Innenstädte. Zum Beispiel, wenn man ein Fenster mit einem Ziegelstein öffnen will. In dieser Gegend der Günterstalstraße gibt es fast nur noch Büros und Geschäfte. Menschen wohnen hier schon lange nicht mehr. Ganz langsam holt er aus. Als er sich durchs Fenster zwängt, knallt er ein paar Blumentöpfe um. Zorro bleibt cool und klopft Dinas T-Shirt ab. Schließlich will er noch mal ins Litfass. Er tappt im Dunkeln durchs Vorzimmer ins Chefbüro und donnert mit dem Knie gegen Kopfs ausladenden Schreibtisch.

Scheiße, japst er auf. Manchmal ist das Licht des reinen Geistes nicht hell genug. Sozusagen im Halbdunkel greift Hämmerle in etwas Weiches, das ihm das Blut gefrieren läßt. Das Herz in den Weiten der Hose, langt Hämmerle noch einmal zu:

Karlo, bist Du's? Er horcht ins Dunkel. Schweigen. Es könnte einmal Karlo gewesen sein. Oder was von einem Kater übrig geblieben ist, dem man den Kadaver aus dem Fell gezogen hat.

Den Rest hat Kopf wahrscheinlich gefressen. Für einen Augenblick macht sich Hämmerles Magen bemerkbar. Immerhin war heute ein Tag ohne Schreibers Grünhofschnitzel. Ob Katze wohl schmeckt? Er hängt sich das Katzenfell über die Schulter und starrt ins Halbdunkel. An der gegenüberliegenden Wand steht ein Sideboard. Das Möbel erinnert ihn an zu Hause. In einem ähnlichen Gelsenkirchener-Barock-Teil hatte Mutter Hämmerle immer das mühsam Ersparte vor ihrem Sohn versteckt. Zielsicher tappt der Meisterdetektiv auf die Obsession seiner Jugend zu.

Danke, Mama. Im Schrank steht eine grasgrüne Stahlkassette, ein klassisches freud'sches Symbol, verschlossen wie das Geheimnis von Jean-Maries pubertärer Gedankenwelt. Er zückt sein Schweizermesser und klappt die Nagelfeile aus. Eine Viertelstunde später besitzt Jean-Marie ein Schweizermesser ohne Nagelfeile und die Kassette ist immer noch zu. Je mehr Hämmerle sein Schweizermesser ruiniert, desto klarer wird ihm: Diese Kassette birgt ein Geheimnis, dem mit eidgenössischer Präzision nicht beizukommen ist. Hier helfen nur noch Kraft und heilige Einfalt. Hämmerle faltet die Kassette in das Katzenfell ein. So getarnt verläßt er Kopfs Büro, nicht ohne die restlichen Blumentöpfe vom Fensterbrett gefegt zu haben.

Ein Fall für Boß

Das Belle Epoque in der Grünwälder Straße gehört zu den wenigen Freiburger Kneipen, die auch nach Mitternacht noch geöffnet haben. Hier trifft sich, wer bis dahin noch nichts gefunden hat. Das Ambiente ist entsprechend. Große Spiegel an den Wänden gewähren Blickkontakt in jede Richtung. Außerdem geben sie der winzigen Bar einen Hauch von Größe, den die Gäste meist nicht erwarten.

Das Interieur besteht fast nur aus dem unentwegten Barkeeper Dieter Pikulski und einer langen Theke. Hier sitzt, wer jemanden kennenlernen will. Für die wenigen Gäste, die niemanden kennenlernen wollen oder schon jemanden kennen, gibt es nur vereinzelte Sitzgelegenheiten. Alles ist hier auf Nähe angelegt. An manchem Freitag abend wird schon ein Gang zur Toilette die reinste Kuscheltour.

In einem solchen Etablissement ist ein Mann mit einer als Kater getarnten Stahlkassette eher selten. Hämmerle setzt sich ziemlich geschafft auf einen der viel zu hohen Barhocker und blickt sich hastig um. Rechts und links von ihm wird heftig gebaggert.

Dieter, raunt Jean-Marie und zupft den Keeper aufgeregt am Ärmel. Pikulski serviert unbeeindruckt Hausmarke:

Wie immer, nehm ich an.

Mensch, Pikulski, das war der schlimmste Tag meines Lebens. Ich bin Kopf und seiner Sekretärin in die Hände gefallen.

Dieter blickt sich nervös um:

Hat das nicht Zeit bis später? Du siehst doch, daß ich hier alle Hände voll zu tun habe. Ich muß schließlich arbeiten.

Ungerührt zieht Hämmerle Pikulski zu sich heran und redet weiter:

Ich hab ihm die nackten Tatsachen auf den Tisch geknallt. Also quasi Karlo. Du hättest den Typen sehen sollen. Der ist unter die Decke gegangen. Tätlich ist er geworden. Purer Zufall, daß ich jetzt hier sitze. Und seine Scheißsekretärin schmeißt mir auch noch Kaffee nach. Brühend heiß, sag ich Dir. Mein bestes T-Shirt ist total hinüber.

Komm, red kein Scheiß.

Ich erzähl keine Geschichten. Du glaubst doch nicht, daß ich mir das hab gefallen lassen? Natürlich mußte ich zuerst mal abhauen, war echt heiß, die Sache. Aber vorhin war ich nochmal dort. Und rate mal, was ich dort gefunden habe?

Du bist doch nicht etwa bei ihm eingebrochen?

Genau das. Hier ist der Beweis. Mit einem Siegerlächeln wuchtet Hämmerle die als Kater getarnte Stahlkassette auf den Tresen.

Bist Du besoffen oder was? Pack das Zeug weg, was sollen denn die Gäste denken. Dieter läuft rot an.

Reg Dich doch nicht auf, die sind doch alle beschäftigt. Außerdem solltest Du mir dankbar sein. Ich riskiere Kopf und Kragen, und Du moserst hier rum. Dein Kopf hat Karlo schon zu einem Katzenfell verarbeitet, was glaubst Du, was er mit mir gemacht hätte. Ich darf gar nicht daran denken.

Zwei Stunden später denkt Hämmerle immer noch daran, inzwischen in Pikulskis Wohnung in der Salzstraße. Nach dem zweiten Hefeschnaps und einem kleinen Imbiß in Form einer Dose Ölsardinen hat Jean-Marie einen relativ klaren Kopf und Dieter den Werkzeugkasten ausgepackt.

Diese Scheißkiste muß doch aufgehen. Pikulski langt mit dem Hammer zu. Fast augenblicklich bollert es von unten gegen die Decke. Mit dem Hammer macht man sich um diese Zeit keine Freunde.

Hämmerle versucht es mit guten Ratschlägen. Die sind zwar leise, helfen aber auch nicht. Allmählich macht sich Ratlosigkeit breit. Pikulski kommt ins Schwitzen:

Ich glaube, das ist ein Fall für Boß.

Hämmerle sieht rot:

Hör bloß auf mit dem Arsch. Den willst Du da doch wohl nicht mit reinziehen? Sein Magen rotiert schon, wenn er nur von Karl-Heinz Bossen, den alle "Boß" nennen, hört. Kennengelernt hatte er ihn vor ein paar Jahren auf dem St.Georgener Weinfest. Damals hatte Dieter Boß angeschleppt und als seinen ältesten Freund vorgestellt. Allein das hätte schon genügt. Aber es kam noch besser. Auf diesem St.Georgener Weinfest war Jean-Marie ein seltenes Kunststück gelungen. Beschwingt von einigen Fläschchen Gutedel hatte er sämtliche Hemmungen über Bord geworfen und eine vielversprechende weibliche Bekanntschaft gemacht. Man redete, man rückte näher und bald hielt man sich in der gewohnten Kälte des ersten Weinfestes im Jahreslauf wärmend die Hände. Bis Boß erschien. Es dauerte keine halbe Stunde, und das Mädel war übergewechselt. Den Rest des Abends versuchte Jean-Marie seinen Katzenjammer im Wein zu ertränken. Schließlich war er so betrunken, daß er die Nacht irgendwo im Freien verbrachte, was ihm einen zünftigen

Schnupfen als Andenken an Karl-Heinz Bossen eintrug. Einige Wochen lang terrorisierte Hämmerle sogar noch die Ärzte der Uni-Klinik mit seinem hartnäckigen Verdacht auf eine schwere Lungenentzündung. Seitdem war Boß für ihn erledigt.

Ich weiß echt nicht, was Du gegen Boß eigentlich hast. So schlimm ist der doch gar nicht. Kriegst Du das Ding etwa auf? Pikulski fummelt immer noch hilflos an der Stahlkassette herum.

Nee, aber der bestimmt auch nicht, schmollt ihn Hämmerle an.

Mann! Boß ist Schlosser, der hat fünf Jahre den Negern in Afrika das Feilen beigebracht.

Der kann doch höchstens seine Fingernägel feilen, die Lusche. Außerdem heißt das "Farbige".

Die letzte Bemerkung ignoriert Pikulski:

Quatsch, so richtig, so Metall und so, von 10 Millimeter runter auf fünf, hat er wenigstens gesagt.

Kein Wunder, daß es denen so mies geht, wenn man ihnen nur beibringt, ihr Metall wegzufeilen. Nach zwei weiteren Hefeschnäpsen ist Hämmerle jetzt voll auf der argumentativen Höhe. Während er sich über das Elend der Dritten Welt verbreitet, telefoniert Pikulski:

Boß? Ich bin's, Dieter... Ja, ich weiß, wie spät es ist. Komm, jetzt red nicht... Es ist wichtig... Du wirst doch einem alten Kumpel... Natürlich... Ist gut... In einer Viertelstunde.

Nach einer halben Stunde ist Boß immer noch nicht da. Ganz im Gegensatz zu Hämmerle:

Da jemanden reinzuziehen, der hat uns doch quasi voll in

der Hand. Wenn der auspackt, bin ich geliefert, mindestens. Und von meiner Konzession will ich dabei erst gar nicht reden.

Pikulski sieht das anders:

Der sagt nichts, der kann gar nichts sagen. Ich weiß so viel über Boß, wenn der den Mund aufmacht... und Deine Konzession hast Du eh fast versoffen.

Es klingelt.

Polizei! Hämmerles Zentnergewicht ist wie der Blitz auf den Beinen.

Boß, alias Karl-Heinz Bossen, ist so ziemlich alles, was Jean-Marie Hämmerle nicht ist: ein Kopf wie Gary Grant mit dem Gehirn von Rambo auf der Figur von Arnold Schwarzenegger, ein Frauenheld und Terminator. Monströs und strotzend vor Selbstbewußtsein. Hämmerle spricht in diesem Zusammenhang hinter vorgehaltener Hand gerne vom sogenannten V-Typus: Oben breit und unten spitz.

Na, wo klemmts denn? Wo ist die Alte? So ist Boß, immer einen guten Spruch auf den Lippen. Pikulski klopft seinem ältesten Freund anerkennend auf die Schulter:

Hast Du eigentlich immer nur das eine im Hirn?

Hirn, ich glaub ich hör nicht recht. Hämmerle stichelt aus dem Hintergrund. Boß kann er einfach nicht ab. Pikulski stellt Boß die Kassette hin:

Wir kriegen das Ding nicht auf.

Haste den Schlüssel verloren oder was? Boß grinst Pikulski dreckig an. Hämmerle kennt diesen Ton. Das läßt nichts Gutes ahnen. Aber Dieter geht voll in die Falle:

So ähnlich.

Was habt Ihr denn Schönes da drin? Also, Leute. Wenn ich Euch Euer Schatzkästchen knacken soll, dann muß auch was dabei rausspringen. Boß gibt sich großzügig: *Ein Drittel für mich, okay?*

Boß, ich sag jetzt nix, ich sag jetzt mal nur: Völkerkundemuseum. Pikulskis Stimme kriegt einen gefährlichen Unterton.

Okay okay, beschwichtigt Boß.

Hämmerle versteht nichts, aber Pikulski scheint die Situation im Griff zu haben. Also zieht er nach:

Genau, Völkerkundemuseum.

Boß dreht sich langsam um:

Halt Du Dich da bloß raus, Du Qualle.

He Boß, Vorsicht, ich kann auch anders... Hämmerle schwenkt drohend mit dem Finger und geht ein paar Schritte zurück. Dieter rettet die Situation:

Stop, Leute. Hier geht's um was Größeres. Also hört auf mit dem Schwachsinn.

Boß läßt nochmal die Muskeln spielen und packt sich die Kassette ohne weiter zu fragen. Nur ein Viertelstündchen, und die Katze ist aus dem Sack. Die Kassette ist prall gefüllt mit Papieren. Dieter reißt Boß die Blätter aus der Hand. Während er liest, ist es ganz still. Dann pfeift er durch die Zähne:

Ich werd verrückt. Ich faß es nicht.

Als Boß nach den Papieren greifen will, wird Hämmerle ungewöhnlich schnell. Triumphierend trollt er sich mit seiner Beute in eine Zimmerecke, um ungestört zu lesen:

Treffer! Dieter, der Fall ist klar. Jean-Marie wedelt mit einigen Blättern herum. *Kopf will die Bude hier luxussanieren. Entmieten. Und dann macht er daraus Eigentumswohnun-*

26

gen, die er zu Schweinepreisen verkauft. Der will Euch alle hier raus haben. Da kommt es ihm doch auf einen Karlo nicht an. Dem ist jedes Mittel recht. Wahrscheinlich hat er der Oma von oben auch schon den Hamster stranguliert. Das ist richtig kriminell. Mafiamethoden sind ein Dreck dagegen. Die Paten schießen höchstens auf alte Leute, aber sie sind wenigstens so katholisch, daß sie keine unschuldigen Katzen kreuzigen.

Soviel Empörung läßt selbst den coolen Boß nicht kalt:

Laßt mal sehen. Nach eingehender Prüfung stellt auch Karl-Heinz "Boß" Bossen fest:

Das ist ja schlimmer als bei uns in Weingarten. Diese feinen Leute hier sind ja die reinsten Halsabschneider. Sogar einen Käufer haben die schon.

Was?! Pikulski und Hämmerle drängeln sich um Boß.

Na hier! Boß tappt mit dem Finger auf einen Abschnitt, den die beiden übersehen haben. Anwesen Salzstraße undsoweiterundsoweiter wird mieterfrei übergeben. Gezeichnet Klaus Kopf. Pikulski, Du wirst umziehen müssen. Weingarten erwartet Dich.

Tea for two

Am Abend danach nimmt Jean-Marie Hämmerle gegen sieben ein spätes Frühstück im Litfass: Kaffeegrappa mit Leberkäse. Um diese Zeit ist es in Freiburgs kleinster Kneipe noch ziemlich leer. In der Ecke sitzt eine einzelne Dame mit einem weißen Pudel namens Nero. Die beiden teilen sich eine Portion Coq au vin. Die Wirtin Dina sitzt noch am Stammtisch und schreibt Speisekarten. Der Koch zapft sich ein Bier. Ein bekannter Freiburger Rechtsanwalt lehnt mit einem ebenso bekannten Freiburger Astronomen am Stehtisch. Die beiden schwadronieren über ihren letzten Segelurlaub in der Karibik.

Jean-Marie sitzt wie immer etwas abseits, beobachtet Nero und sein Frauchen und denkt über die Liebe nach. Zum Dessert verputzt Nero Mousse au chocolat, diesmal die Portion allein. Frauchen flüstert ihm was Zartes. Nero küßt zurück. Schon beim Zusehen spitzt Hämmerle den Mund und knöpft die Lederweste auf. Er schnauft und bestellt noch einen Kaffeegrappa:

Aber mehr Grappa, Dina!

Gottverdeckel, Du hast auch kein Zuhause, bestätigt Dina die Bestellung und geht zur Theke. Anscheinend hat sie ihr Wohnzimmer am liebsten leer. Während Hämmerle Dina beim Kaffeegrappa mixen auf die Finger guckt, öffnet sich die Tür. Ein lila Dings weht rein. Hämmerle äugt und zieht den Wanst ein.

Das Mädchen in der Tür sieht aus wie die Auslagen im

Lädele am Theater. Schwarzlila Leggins, leicht lasch um die stämmigen Unterschenkel. Bis an die Knie ein lilaschwarzer Wendeparka, eine Seite schwarz, die andere, lila, ist heute oben. An den Füßen Birkenstock, weiß, halbzu. Hämmerles Blick tastet sich den kleinen Körper hoch. Am oberen Ende der Kopf. Volle Lippen unter einer Stupsnase, die Augen blumig blau. Im Haar eine Dauerwelle auf dem finalen Rückzug. Minipli, homemade. Offensichtlich war da was schiefgegangen seinerzeit.

Hämmerles Hirn meldet Bekanntschaft:

Susi? Tatsächlich, Susi Scholz, die Krankenschwester aus Tiengen. Eine von Pikulskis Abgelegten. Seine Tour halt. Anbaggern, abschleppen, abschießen. Und dann die nächste. Das Leben eben. Nur Susi hatte das damals ganz anders gesehen.

Jean-Marie! Susi Scholz blinzelt Hämmerle brillenlos an. Zum Erkennen reichts. Für den Tisch nicht mehr. Susi knallt mit dem Knie gegen das Tischbein. Hämmerles Kaffeegrappa schwappt munter.

Ein Glas Tee, Dina, bitte, bestellt Susi.

Man gönnt sich ja sonst nichts, kommt es von der Theke zurück. *Kamille, schwarz oder Hagebutte?*

Pfefferminz.

Danke. Mit Zitrone oder ohne?

Mit Honig.

Ich glaub, ich werd nicht mehr.

Hämmerle will auch was sagen:

Ich nehm noch einen Kaffeegrappa, ohne Kaffee, Dina.

Junge, Deinen Blutdruck möchte ich haben. Dina staubt einen Beutel Pfefferminztee ab.

Inzwischen hat sich Susi aus ihrem schwarz-lila Wendeparka gepellt und sich gegenüber von Hämmerle auf die Eckbank gequetscht:

Mensch, Jean-Marie, daß ich Dich mal wieder sehe! Fährst Du immer noch Taxi?

Kommt drauf an. Hämmerle ist etwas unsicher. Susi blinzelt: *Worauf denn?*

Vielleicht wird's ja noch gemütlich heute. Hämmerle drückt das Kreuz gegen die Lehne, daß es kracht. Der Arm wurstelt charmant um den leeren Stuhl neben ihm. Ganz entspannt im Hier und Jetzt:

Man weiß ja nie. Er quasselt zusammenhanglos und guckt vielsagend. *Das ist quasi wie im Tarot. Es gibt keinen Zufall.* Bei diesen Sätzen grinst er in sich hinein. Man muß nur die Zauberworte kennen. Offenbar kennt er sie. Susi strahlt ihn an:

Ja, Du hast ein unheimlich gutes Karma, Jean-Marie. Das spür ich sofort. Ganz anders als bei Dieter damals. Der hatte dafür überhaupt kein feeling.

Genau, darauf kommt es an, auf das feeling.

Dina hustet, während sie Grappa und Pfefferminztee auf den Tisch stellt:

Honig gibt's nicht. Da drüben steht Zucker.

Dann möchte ich lieber Malventee.

Verdeckel, jetzt geht's los. Wenn du Malventee willst, geh doch zum Tee-Peter. Bevor Dina sich entnervt hinter den Tresen zurückziehen kann, greift Hämmerle ein:

Also Malventee ist quasi Standard, Dina.

Misch Du Dich hier nicht ein. Also was jetzt: Tee oder nicht? Langsam liegen Dinas Nerven blank. Susi läßt sich davon nicht beirren und ändert konsequent die Richtung:

Dann nehm ich eine Apfelsaftschorle.

Ich kriegs an die Nerven. Dina rauscht zur Theke.

Genau, Pfefferminztee ohne Honig. Ist quasi wie ein Kaffee ohne Grappa. Hämmerle weiß, was Leiden ist, und schließt die Augen. Für einen Atemzug ist er still. Susi nutzt die Pause:

Spielst Du Tarot?

Hämmerle schweigt vielsagend. Mehr ist nicht drin.

Tarot ist toll. Susi holt aus. *Da steht alles drin, was Du wissen willst. Auch die Sache mit Dieter. Hätte ich alles vorher wissen können.*

Wieso? Hämmerle reißt entgeistert die Augen auf.

Stand alles in den Karten. Ich habe sie nur nicht früh genug gelegt.

Du meinst, daß er mit Martina ... das stand da alles drin?

Die Geschichte, die da in den Karten stehen soll, wirft kein gutes Licht auf Jean-Maries besten Freund, zumindest nicht aus Frauensicht. Jedenfalls hatte Pikulski Susi kurzerhand wegen einer Martina abserviert, nachdem er ihr sozusagen schon die Ehe versprochen hatte. Zwar nicht wörtlich, aber immerhin. Zumindest hatte es in den Karten gestanden. Auch das nicht wörtlich, wie Susi inzwischen weiß:

Ja klar, also jetzt nicht direkt Martina, aber im Prinzip schon. Es kommt nur darauf an, die Karten richtig zu deuten.

Kannst man da quasi die Zukunft sehen?

Ich eigentlich schon, gewissermaßen.

Hämmerle zeigt sich beeindruckt:

Ich auch?

Mit mir zusammen schon, es kommt ja sozusagen auf die

Schwingungen an. Wie Du die Karten siehst, das ist zunächst mal ganz individuell. Also neulich im Krankenhaus hatte ich da eine alte Dame, der habe ich die Karten gelegt. Und es hat alles total gestimmt.

Lebt sie noch?

Als sie nach Hause kam, war ihr Hund tot.

Der Pudel Nero am Nebentisch hat mitgehört und jault. Hämmerle staunt:

Und das hast Du ihr vorhergesagt?

Also jetzt nicht so richtig. Aber ich hab gewußt, es passiert was.

Dina serviert Apfelschorle und Kaffeegrappa ohne Kaffee. Die Dame am Nebentisch küßt den leidenden Nero. Nachdem Dina sich in Richtung Küche verabschiedet hat, hakt Hämmerle nach:

Ich wüßte auch mal gern, was so aus mir wird.

Also so doll ist das nicht, wenn Du immer alles weißt. Das mit Dieter, da habe ich eigentlich die Karten gar nicht legen wollen. Ich dachte, es passiert dann nix. Aber es war wie immer, es kommt gar nicht drauf an, ob Du die Karten nun vorher oder nachher legst. Du kannst Deinem Schicksal nicht entkommen.

Welches Schicksal. Und was heißt hier wie immer?

Ach, lassen wir's lieber.

Nee komm, jetzt erzähl mal. Hämmerle wittert Morgenröte und legt den Elmar-Gunsch-Schmelz in die Stimme. Seine Wurstfinger schieben sich durch eine Grappapfütze in Richtung Tischmitte vor. Susi atmet aus:

Es ist doch immer das Gleiche. Neulich treff ich so 'nen Typen, einfach süß. Unheimlich gute Schwingungen, wir haben uns gewissermaßen total gut verstanden, auf Anhieb, verstehst Du. Der war unheimlich einfühlsam und so. Wir haben eine Nacht lang geredet, und es ist nichts passiert. War total schön, Du.

Hämmerle simuliert bei sinkendem Hormonspiegel Verständnis. Susi redet weiter:

Dann haben wir uns zwei Wochen nicht gesehen. Martin wollte über alles nachdenken, über uns und so. Hat ihn unheimlich betroffen gemacht, unser Gespräch. Er hatte Angst, sich auf uns einzulassen, weil er Schuldgefühle hatte wegen seiner Freundin. Dabei hat die ihn sitzen lassen.

Versteh ich nicht. In dieser Hinsicht sind Schuldgefühle jeder Art Jean-Marie völlig fremd. Er korrigiert geistesgegenwärtig, auch wenn er etwas ganz anderes im Kopf hat: *Na, daß die Frau ihn hat sitzen lassen. Der Typ muß ja echt nett gewesen sein.*

Hab ich auch gedacht, nickt Susi. *Jedenfalls nach zwei Wochen steht Martin bei mir vor der Tür. Ich mache auf und es war einfach, also wow, Du.*

Jean-Maries Hormonskala macht ein Satz nach oben:

Wow, was? Und dann?

Susi nimmt die lila Farbe ihres abgelegten Wendeparkas an. Hämmerle nickt väterlich:

Versteh schon.

Auf jeden Fall war es unheimlich schön. Susi wird still. Für Jean-Marie beginnt die Geschichte endlich interessant zu werden:

Schön... und weiter?

Susis blumigblaue Augen verwässern leicht:

Das mein ich doch. Es ist wie immer, wie die Karten sagen.

Zuerst heulen sie sich bei mir aus, dann wollen sie mit mir ins Bett. Und bei der Nächstbesten sind sie weg.

Martin auch?

Auch Martin.

Glaub ich nicht, 'ne Frau wie Du, ich meine... Manchmal kann Jean-Marie lügen, ohne rot zu werden. Aber Susi hat ihre eigene Theorie:

Das kommt daher, weil die Männer alle noch nicht reif für enge, tiefe Beziehungen sind. Bindungsängste und so, verstehst Du?

Eigentlich versteht Hämmerle schon. Am liebsten zieht auch er sich postkoital zurück, falls er überhaupt in die Lage kommt:

Aber da kann man doch dran arbeiten!

Für die meisten ist das zuviel Arbeit.

Erkenne Dich selbst, das steht schon in Delphi. Und ich denke, das gilt auch für Männer.

Finde ich unheimlich gut, wenn Du das so sehen kannst. Das können nicht viele. Weißt Du, die meisten Typen denken doch, wir Frauen...

... sind total verfügbar. Hämmerle weiß, was gut ist.

Genau. Da kommen immer die alten Muttergeschichten hoch, von diesem, wie heißt der doch? Pilgrim?

Ödipus. Hämmerle wirft seine klassische Bildung in den Ring des Litfass.

Hast Du den mal gelesen? Susi staunt.

Also quasi, sozusagen, antwortet Jean-Marie. Das muß reichen. Susi redet sowieso schon wieder weiter:

Bei Dieter war's genauso. Ein richtiges Muttersöhnchen. Auch wenn er immer so wild tut. Seine Mama und sein

Scheißkater, dann kommt lange nichts. Mich hat er doch auch nur ausgenutzt und dann ganz übel abserviert. Aber erst, nachdem er seine ganze Seelenscheiße bei mir losgeworden ist.

Hämmerle steckt in der Bredouille. Den Freund verraten und Susi rechtgeben? Also Punkte bei ihr sammeln? Hämmerle entscheidet sich für Verrat und punktet:

Dieter kann echt ein Schwein sein. Vor allem was Frauen angeht. Ich könnte Dir da Sachen erzählen ...

Also, ich versteh sowieso nicht, warum Ihr so dick befreundet seid.

Weißt Du... Bevor Hämmerle die Geheimnisse einer echten Männerfreundschaft preisgibt, bestellt er lieber zwei Grappa:

Dina, zwei! Einen für Susi und einen doppelten für mich.

Dina bringt drei Grappa. Einen für sich:

Wenn man Euch so hört...

Hämmerle spürt die Gefahr:

Ich glaube, in der Küche brennt was an, Dina.

Vier Grappa für Hämmerle und zwei für Susi später liegt Jean-Maries Pranke auf ihrer leicht angerauhten Krankenschwesterhand, als läge sie schon immer da. Die Pausen zwischen den Sätzen sind länger geworden. Blicke stattdessen, tief und vielsagend. Hämmerle unterdrückt ein Gähnen und kommt zur Sache:

Es tut unheimlich gut, mal wieder mit einem Menschen zu reden, der einen versteht.

Find ich auch, Jean-Marie.

Weißt Du, Susi, wenn man so Tag und Nacht im Taxi sitzt, immer unterwegs, und dann kommst Du irgendwann nach

Hause und fragst Dich, für wen das alles und wozu. Und Du hast keine Antwort. Sitzt da, trinkst Bordeaux und brütest. Und dann kommt Dir das Leben vor wie eine einzige Durchgangsstation. Das ist wie am Bahnhof. Da steigt einer in Deinen Wagen, ihr fahrt ein Stück zusammen, und dann stehst Du wieder am Bahnhof und wartest... Manchmal denke ich, Taxifahren ist wie ein großes Gleichnis für mein Leben... Hämmerle wischt sich den Lügenschweiß von der Stirn. Susi ist geplättet, so tiefe Gedanken hätte sie ihm nicht zugetraut:

So tiefe Gedanken hätte ich Dir nicht zugetraut.

Ich habe Philosophie studiert.

Aber man merkt, daß Du Dein Denken lebst. Das ist nicht einfach nur so daher gesagt, das spürt man als Frau genau.

Der Kandidat hat hundert Punkte! Hämmerle bestellt Grappa nach. Daß die Nummer mit dem Taxifahren zieht, erstaunt vor allem ihn selbst. Nun denn, er schiebt noch was nach. Zuerst den frischen Grappa und dann:

Ich find's echt schön mit Dir. Da muß man gar nicht so tun, als wenn man immer gut drauf wär. Die Mackerrolle hab ich schon sooo lange satt.

Susi weiß nur noch eine Antwort. Sie legt ihre restliche Hand auf Hämmerles Unterarm. Das kann man sich nicht entgehen lassen. Hämmerle greift auch mit der zweiten Hand zu. Hautkontakt wie lange nicht! Jetzt nur Geduld und nicht alles kaputt machen. Hämmerle löst seine Hände aus dem Gewühle mit Susi und legt sie ihr zart auf die Ohren. Dann ein schmetterlingsgleicher Kaffeegrappakuß auf die Stirn. Jetzt nur noch zahlen, und ohne einen Blick zurück in die Nacht. Rick in seiner Bar in Casablanca:

Ich glaub, es ist besser, wenn ich jetzt gehe. Da war so viel heut abend ...

An der Theke beim Zahlen zischt Dina ihm zu:

Mir kommen die Tränen.

Halt einmal die Klappe! Hämmerle macht sich auf den Weg zur Tür. Da hält ihn Susis Hand am ockergelben Lederwestchen fest:

Kommst Du morgen zum Tee? So um fünf?

Hämmerle nickt ernst und schwer.

Pfefferminz oder Malve? röhrt Dina.

Sizilien ist überall

Pfefferminztee, ich werd nicht mehr.
Hämmerle stößt die Tür zum Belle Epoque auf. Er schwankt
zum Tresen. Die Bar ist gerammelt voll. Das muß an Mario
liegen, der hier oft noch Saxophon spielt, wenn die anderen
Lokale schon geschlossen haben. Mit dem glutvollen Herzen
des Italieners bläst er Melodien, die jeder kennt, dessen
Eltern schon zu Wirtschaftswunderzeiten im NSU-Prinz
nach Capri zum Fischen fuhren: Volare, Ciao ciao Bambina,
Marina eben. Jean-Marie pfeift mit und wühlt sich Richtung
Ausschank, immer dicht an den Frauen vorbei. Vielleicht
bleibt eine hängen, man weiß ja nie. Wäre nicht die erste
heute abend.
Dir scheints gut zu gehen. Pikulski setzt sein Barmixer-
lächeln auf und den Shaker ab. Dann macht er sich an einer
Papaya zu schaffen. Er greift ziemlich wahllos ins Regal und
mixt. Curaçao, Wodka, Cognac und darauf einen doppelten
Martini. Die Brühe im Glas verfärbt sich in Richtung braun-
blau-lila. Veredelt mit einer Papayascheibe und einem
Papierschirmchen. Hämmerle grinst:
Du glaubst ja nicht, wen ich grad getroffen hab.
Bin ich Hellseher? Schwungvoll plaziert Pikulski den Cock-
tail vor Jean-Marie auf der Theke. Nachdem der einen tiefen
Schluck genommen hat, setzt er seine Wichtigmiene auf:
*Jetzt fang Du bloß nicht auch noch mit diesem übersinnli-
chen Quatsch an. Von wegen Hellseher und so. Ich hab
schon genug davon genossen.*

Beim Stichwort "übersinnlicher Quatsch" kommt Pikulski ein Verdacht:

Mein Karma sagt mir: Du hast Ma prem Susi Scholz getroffen.

Genau. Hämmerle ist etwas enttäuscht. *Susi in voller lila Lebensgröße. Fehlten nur noch die Tarot-Karten. Du ziehst eine Spur von abgelegten Frauen durch Freiburg.*

Pikulski ist geehrt:

So doll ist es dann auch wieder nicht. Klar, verglichen mit Dir...

Jean-Marie gibt sich abgeklärt:

Du, wenn ich wollte...

Aber Du willst eben nicht, ich weiß. Ist vielleicht auch besser so. Du siehst ja, was für einen Streß ich die ganze Zeit habe.

Hämmerle leitet geschickt zum Objekt seiner Begierde über:

Susi und so, gell?

Ich glaube, die ist immer noch sauer. Damit ist das Thema vorerst für Dieter erledigt, schließlich muß er arbeiten.

Am anderen Ende des Tresens geht es besonders gepflegt zu. Eine Art Dame im kleinen Schwarzen keift leise auf einen älteren Herrn mit grauen Schläfen und Brilli im Ohr ein. Nach einem Augenblick heftigen Getuschels zückt er die Brieftasche. Blaue Scheine wechseln den Besitzer. Mit einem Fingerschnippen ordert der Galan Schampus nach:

Aber diesmal echten, Chef. Föff Klicko, und nich wieder diesen Deutz und Jeldermann.

Während Pikulski seines Amtes waltet, versucht Hämmerle dezent zu flirten. Auf dem Barhocker neben ihm hat sich ein

Schmetterling in einem leichten, fast durchsichtigen Sommerkleidchen niedergelassen. Hämmerle pumpt sich auf und blinzelt den Schmetterling an. Sein dicker Zeigefinger fährt auf dem Tresen rum. Erst rauf und runter, dann hin und her. Immer näher an den Schmetterling. Während sein Finger langsam mutig wird, guckt Jean-Marie angestrengt in die entgegengesetzte Richtung. Als er einen überzeugenden Satz ausgetüftelt hat, juchzt es neben ihm. Der Schmetterling fällt einem Herrn im Lederdress um den Hals. Hämmerle beäugt die Szene mißtrauisch. Ihm ziehen die Bilder eines Silvesterabends in der Adler-Burg durch den Kopf. Ein rauschendes Fest, bei dem so ziemlich jeder den Überblick verloren hatte. Gegen Morgen gab es alles umsonst, wahrscheinlich auch die Bedienung. Aufgegeben hatte sie schon vorher. Schleppte nur noch Getränke durch die wogende Menge. Kurz nach Mitternacht war zu Marianne Rosenbergs "Er gehört zu mir" ein Wesen die Treppe hinabgeschwebt, das Jean-Marie mehr als nur den Atem verschlagen hatte. Er war besoffen und bezaubert wie lange nicht mehr. So ähnlich mußte Liebe auf den ersten Blick sein. Die Entzauberung folgte auf der Herrentoilette, als seine Herzdame vor dem Becken nebenan die Röcke raffte...

Was war jetzt mit Susi? Pikulskis Stimme reißt Jean-Marie aus seinen Erinnerungen.

Ach Susi... Ja... Susi? Also Susi. Morgen trink ich bei ihr Tee. Hämmerle dehnt den Brustkorb, bis sein T-Shirt gefährlich in den Nähten kracht.

Tee verträgst Du doch gar nicht. Pikulski kennt den sensiblen Magen seines Freundes.

Jean-Marie läßt Luft ab und bemüht sich um eine angemessene Körperhaltung:

Man weiß ja nicht, was sonst noch kommt. Seine Stimme klingt vielsagend. *Außerdem kann man ja auch mal reden.*

Das ist ja das Schlimme bei Susi. Vor lauter Gequatsche kommt man zu nichts.

Ich jedenfalls bin heute abend schon ziemlich weit gekommen. Hämmerles Stimme kriegt einen etwas spitzen Unterton. *War gar nicht besonders schwer. Hab die verständnisvolle Nummer abgezogen. Zuhören und so. Und dann als Zugabe den metaphysischen Taxifahrer. Das zieht bei Typen wie Susi immer.*

Ah, der Herr hat Erfahrung. Pikluski lacht. Hämmerle hört darüber hinweg:

Kann man so nicht unbedingt sagen. Aber Intuition. Und außerdem spiele ich gern Karten.

Du willst doch wohl nicht sagen, daß Ihr beide Tarot gekloppt habt?

Noch nicht. Gekonnt schnippt Hämmerle einen Bierdeckel in die Höhe und fängt ihn auf. Mit einem klappt's. Bei zweien wird's schon schwieriger. Nachdem Jean-Marie seine Bierdeckel unter dem Tresen wieder hervorgeklaubt hat, macht Dieter fast den Eindruck, als würde er sich um seinen Freund sorgen:

Ich sag' Dir, immer wenn Susi die Karten auspackt, wird's gefährlich. Die hat doch nicht alle an der Waffel. Besonders schlimm wird's, wenn sie anfängt, Dir aus der Hand zu lesen. Das mußt Du unbedingt verhindern.

Meine Güte, das hat man doch im Griff. Bei solchen Frauen muß man bloß ein bißchen nett sein, und schon fressen sie aus der Hand. Bei Susi war's jedenfalls so. Die hat mich total

41

*vollgelabert. Hat quasi ein unheimliches Vertrauen ent-
wickelt und mir die ganze Story von so einem Martin
erzählt. Der arme Kerl. Da gerät sie endlich mal an einen,
der wirklich nur reden will, und dann ist es auch wieder
nicht recht. Hat ihn quasi nicht mehr aus den Krallen gelassen. Klar muß man als Mann aufpassen. Aber heut abend
war sie ziemlich zahm, wenn Du verstehst, was ich meine.*
Jean-Marie rückt seine Nickelbrille zurecht. Pikulski stützt
sich mit beiden Händen auf dem Tresen ab und nickt ver-
antwortungsschwer mit dem Kopf:
Ich befürchte ja.
Jean-Marie wischt die Bedenken seines Freundes mit einer
weit ausholenden Handbewegung weg:
*Mann, die hat sich regelrecht an mich rangeschmissen, ich
konnte mich kaum wehren. Seit Jahren keinen richtigen Kerl
mehr gehabt. Hat sie wenigstens gesagt. Nur solche Martins,
solche Betroffenen.*
Das tut sogar einem Dieter Pikulski weh. Er ist bis ins Mark
betroffen:
*Die tickt wohl nicht richtig. Die hat sich ja fast die Beine
ausgerissen für mich. Die hat mich ja nicht mehr aus dem
Bett gelassen. Die wollte mich ja sogar heiraten.*

Am Ende des Tresens kann von Heirat nicht die Rede sein.
Trotz Föff Klicko satt kümmert sich die Dame im kleinen
Schwarzen inzwischen verstärkt um Mario und sein Saxophon. Auf Knien und dem letzten Loch bläst er "Summerti-
me" mit mediterranem Schmachtblick in Richtung Dame. Bis
auf das Saxophon ist es im Belle Epoque plötzlich still
geworden. Alle Augen richten sich auf Mario. Während er

die Phrase "...and the living is easy" fast atemlos wieder und wieder bläst, klettert er auf die Theke, ohne die Augen von der Dame zu lassen. Einige Gläser gehen zu Bruch. Eine Szene wie in Sizilien. Hämmerle zieht instinktiv die Schultern ein. In jedem guten Film knallt's jetzt eigentlich. Im Belle auch. Krachend fliegt ein Stein durch die Scheibe. Faustgroß und böse.

Schwarze Messe

Wenige Meter weiter tut sich zur gleichen Zeit Unheimliches im zweiten Stock des Völkerkundemuseums in der Gerberau. Drei finstere, schwarzgekleidete Gestalten gruppieren sich im Melanesienraum um einen schwarz verhängten Ikea-Klapptisch. Auf dem Parkettboden gerinnt Blut. Es riecht fürchterlich. Eine Mischung aus Räucherstäbchen, Moschus, Schweiß und Blutwurst. Die schaurige Szene wird von einigen schwarzen Kerzen beleuchtet. Die kleinste der Gestalten schleppt einen schwarzen Putzeimer aus Plastik und mosert:

Ich hab keinen Bock, hier ständig alles wegzuwischen, bricht es aus ihr heraus. Die Stimme gehört offenbar zu einer Frau. *Stefan kann auch mal was tun,* mault sie weiter.

Ein breiter Koloß in schwarzer Kutte, die schmalen Hüften mit einer Kordel betont, baut sich drohend vor der zierlichen Gestalt auf:

Du tust, was befohlen ist. Doch Mary Dürr läßt sich nicht einschüchtern:

Immer kann ich hier dieses ganze Ekelzeug wegmachen. Das ist eindeutig nicht im Sinne des Unaussprechlichen. Der war überhaupt kein Chauvi so wie Ihr beiden. Im Gegenteil, oder habt Ihr noch nie was vom Matriarchat gehört?

Hör mal, hier sagt nur einer, was Sache ist. Und der bin ich. Wer hat hier den Kontakt zum Unaussprechlichen, Du oder ich?

Das Argument zieht. Mit ihren grünen Augen funkelt Mary

Karl-Heinz "Boß" Bossen an. Aber dabei bleibt's dann auch. Mary streicht sich mit beiden Händen das hennarote Haar aus der Stirn und wirft es mit einem energischen Ruck über die Schultern. An ihrer Nase funkelt ein kleiner Brilli zwischen den Sommersprossen. Ihre knapp bemessene Freizeit verbringt Mary im Sommer vor allem in der Schweinebucht am Niederrimsinger Baggersee. Überwintert wird im Fitneß-Studio mit Solarium. Entsprechend fit und braun ist sie. Den Rest der Zeit gibt sie an der Volkshochschule Breisgau-Hochschwarzwald NLP-Kurse für Hausfrauen und Manager. Alles zunächst mal positiv sehen, ist ihr Credo. Jedes Problem ist lösbar. Genaugenommen gibt es gar keine Probleme sondern nur Lösungen. Man muß miteinander reden. Und auf den anderen zugehen. Alles eine Frage der Kommunikation. Und ihr Schweigen macht sich auch jetzt im Völkerkundemuseum bezahlt.

Okay, den Drudenfuß lassen wir diesmal halt, lenkt Boß ein. *Das merken die Blindgänger vom Museum ja doch nicht. Die sehen nur ein paar Kreidestriche. Denen fehlt jedes Sensorium für die Wahrheit.*

Klar, der Unaussprechliche wird einen Deubel tun, mit denen in Kontakt zu treten. Stell Dir die mal vor, wenn sie mit dem großen Tier reden. Während Stefan Eggebrecht spricht, fuchtelt er hektisch mit den Armen in der Gegend herum, um seiner kleinen Gestalt mehr Nachdruck zu verleihen. Die steckt in engen schwarzen Lederhosen, dicken weißen Turnschuhen und einem schlabbrigen schwarzen T-Shirt. Auf seiner spitzen Nase hockt eine winzige schwarzrandige Hornbrille. Die beginnende Stirnglatze kräuselt sich verächtlich:

Daß von den Pappnasen hier keiner was mitkriegt, dafür leg ich meine Hand ins Feuer. Ich kenn die. Die haben ja noch nicht mal gemerkt, daß ich damals den Schlüssel nicht zurückgegeben habe. Das muß sich mal einer vorstellen. Mir wird ganz schlecht, wenn ich dran denke, wer hier alles so einfach rein könnte...

Stefan kennt sich aus. Immerhin hat er früher hier als Aufseher gejobbt. Davor zweiter Bildungsweg übers Kolping-Kolleg in der Wiehre, dann Studium der Sozialarbeit an der Katholischen Fachhochschule. Examen und seither eine Jobberkarriere. Jetzt gerade mal nichts. Außer den regelmäßigen Gängen zum Arbeitsamt und den Treffen mit Boß und Mary. Voodoo eben. Überhaupt findet Stefan Boß total geil. Viel besser als die ganzen Esotera-Psycho-Fuzzis mit ihrer Sülzerei. Bei Boß läuft wenigstens was ab. Und dafür muß man was tun:

He Boß, soll ich für nächste Woche mal einen Hund besorgen?

Mary schaltet sich ein. Als ehemalige Sannyasin ist sie Ärger gewohnt:

Auf keinen Fall einen Hund. Die wehren sich immer beim Schlachten. Und ich hab keinen Bock, mich mit dem Vieh rumzustreiten.

In diesem Fall zählt Marys Stimme. Schließlich ist sie für rituellen Opfermord zuständig. Boß kann eigentlich kein Blut sehen, wenn es frisch ist, es sei denn, er ist wütend. Stefan würde sich noch nicht mal 'ne Blutwurst kaufen. Eigentlich ist es überhaupt ein Wunder, daß der Unaussprechliche jedesmal ein Opfer bekommt. Für gewöhnlich gehen die beiden Herren bei der eigentlichen Zeremonie raus, um sich mit einem Underberg für den weiteren Verlauf des Abends zu stärken. Währenddessen werkelt Mary mit einem riesigen Fleischermesser vor sich hin. Und erst nachdem das Opfertier ausgeblutet ist, tauchen Stefan und Boß als Zeremonienmeister wieder auf. Was folgt sind wüste Beschimpfungen einer Puppe, die meist als Ersatzobjekt für den Oberbürgermeister und diverse Dezernenten dient. Mit Nägeln gespickt hängt der Puppe alles Elend der Welt an, was sich nach Überzeugung der Gruppe bei jeder Freiburger Gemeinderatssitzung deutlich zeigt. Begleitet wird das Ritual im Völkerkundemuseum von Musik aus dem Ghettoblaster: Sisters of Mercy oder Alice Cooper. Anfänglich hatte man noch versucht, Mary zu einem regelmäßigen rituellen Koitus zu überreden, was auf Tahiti angeblich sehr gut kommen solle. Aber nachdem Mary gedroht hatte, das Opfern bleiben zu lassen, wurde Verzicht geübt. Inzwischen läuft alles nach Schema F: Etwas quatschen, die Herren gehen Underberg trinken während Mary opfert, die Puppe wird traktiert, zum Abschluß geputzt, dann ein letztes Bier im Cräsh.

So auch heute. Mary putzt. Nur der Drudenfuß darf ausnahmsweise bleiben. Stefan klappt den Opfertisch zusammen, Mary faltet die schwarze Decke. Und ab nach draußen. Ex-Aufseher Stefan schließt wie immer sorgfältig ab, schließlich hat er eine ganz besondere Beziehung zum Völkerkundemuseum. Und dann steht das schwarze Trio auf dem Adelhauserplatz. In Freiburg ist es still, die Bürgersteige lehnen entspannt an den Häuserwänden.

In der Grünwälderstraße haben sich die Herren Hämmerle

und Pikulski von dem Schrecken mit dem Stein im Fenster des Belle Epoque erholt. Die Gäste haben das Lokal fluchtartig verlassen, einige sogar ohne zu zahlen. Die Scherben sind aufgeklaubt, die Scheibe ist notdürftig versorgt. Nach zwei bis drei letzten Cocktails machen sich die beiden Geprüften zu Fuß auf den Weg in die Zasiusstraße, um noch ein allerletztes Glas von Hämmerles legendärem Selbstgebrannten zu nehmen. Ihre Schritte hallen schwer durch die leeren Hallen des Atrium. Draußen rauscht der Gewerbekanal sein Rauschen. Pikulski grübelt seinem toten Kater nach. Da plötzlich! Auf dem Adelhauserplatz, direkt unter der Kastanie: drei dunkle Gestalten...

Nichts wie weg hier. Hämmerle ist vorsichtig. Wer sich um diese Zeit hier rumtreibt, hat nichts Gutes im Sinn.

Moment mal, Pikulski drückt Jean-Marie an die Hauswand. *Ich glaube, das ist Boß,* zischt er.

Dieser Arsch, der verfolgt uns, zum Teufel noch mal. Hier irrt Hämmerle. Die drei Gestalten auf dem Platz sind mit sich selbst beschäftigt und fühlen sich völlig unbeobachtet. Ein Gispel in Lederhosen fummelt am Müllcontainer der Evangelischen Stadtmission und stopft eine Tüte hinein. Eine zierliche Frau mit Wischeimer assistiert. Boß steht daneben und sieht zu. Er hält irgendwas Flaches im Arm.

Die Szene dauert keine Minute. Dann gehen die drei zu einem nicht mehr ganz neuen 2CV und verstauen den Wischeimer und das Flache. Der Gispel zieht einen Strafzettel unter dem Wischer hervor und wirft ihn zusammengeknüllt ins Bächle. Von fern hören Hämmerle und Pikulski ihn fluchen:

Wir sollten uns mal die Ziegen vom Gemeindevollzugs-

dienst vornehmen... Der Rest wird vom Höllentäler ver-
weht.

Sobald der 2CV gegen die Fahrtrichtung zur Kajo abgedüst
ist, lösen sich Jean-Marie und Dieter aus ihrer Erstarrung.
Das sehen wir uns an. Hämmerle stapft Richtung Mülltonne.
Mit einem Ruck öffnet er den riesigen Containerdeckel. Es
mieft gewaltig. Fast gleichzeitig geht ein Licht über ihm an:
Ihr Saukerle, könnt ihr nit endlich mal Ruh gebe!
Hämmerle ist zum Äußersten entschlossen. Hastig grabscht
er nach dem schwarzen Müllsack zuoberst, knallt den Deckel
wieder zu und brüllt:
Halt's Maul, Du Schachtel!
Sein Freund Dieter hat für heute den Kanal voll. Nach
einem Stein im Fenster ist Zoff mit einer Oma nicht mehr
drin:
Laß uns abhauen, ey.
Hämmerle zahlt sein Fersengeld zwar nur in kleiner Münze,
ist in der Zasiusstraße und nach vier Stockwerken ohne Auf-
zug trotzdem völlig fertig. Er pfeift auf dem vorletzten Loch
wie sein Sittich, der seit zwei Tagen nichts Frisches mehr
gesehen hat.
Während Pikulski den Vogel versorgt, steckt Jean-Marie die
dicken Finger blind in den Müllsack. Sein Blut stockt, der
Magen sackt in die Untiefen seiner 501. Das Gefühl kennt
er! Weich, fellig und kalt:
Scheiße, Dieter. Da ist noch 'ne tote Katze.
Pikulski glotzt und rafft die Welt nicht mehr:
Wie kommt denn Karlo in die Tüte?
Das ist nicht Karlo. Hämmerle packt aus. Die Katze ist

schwarz wie die Nacht und am Hals klafft ein sauberer Schnitt.

Völlig ausgeblutet, stellt er sachlich fest.

Das war Boß! Pikulski stöhnt. *Ich habe gedacht, der hätte schon lange mit dem Mist aufgehört.*

Was für'n Mist?

Voodoo.

Voodoo?

Voodoo! Seit Boß in Afrika war...

...den Farbigen das Metall-Wegfeilen beibringen, unterbricht Hämmerle.

...seitdem hat er diese Voodoo-Macke. Hühner schlachten, einmal sogar einen Hamster. Und Nägel in Puppen stecken, von denen er immer behauptet, es sei irgend jemand Wichtiges.

Spinnt der? Hämmerle faßt es nicht. *Ich hab mal 'nen Film darüber gesehen. Mit so abgedrehten Typen, die die ganze Nacht wie bekloppt tanzen. Und so einer ist Boß?*

Jeden Donnerstag im Völkerkundemuseum feiert der so 'ne Art Schwarze Messe, erklärt Pikulski. Hämmerle schweigt und stapft zum Kühlschrank. Mit dem Mund zieht er den Korken aus der Flasche mit dem Selbstgebrannten, klemmt zwei Gläschen zwischen die Finger, gießt ein und nach einem Kurzen auf Ex hat er einen Gedanken erwischt:

Woher weißt denn Du das eigentlich?

Pikulski schluckt. Erst den legendären Selbstgebrannten, dann trocken:

Ich hab da 'n paar Mal mitgemacht. Ich dachte, das wär so 'ne Art Orgie, so Ficken und so.

Du? Hämmerle japst auf. *Sonst bist Du doch ganz normal.*

Ich dachte halt, da könnte man problemlos...

Was? Echt? Hämmerle wird's warm.

Dieter winkt ab:

Nix war. Bloß so 'n ekliges Zeug. Die Frau, die Du gesehen hast, das war Mary. Und die hat die Hühner geschlachtet, während ich mit Boß und Stefan auf den Gang mußte, Underberg trinken.

Seltsames Ritual. Hämmerle hat als ehemaliger Ethno- und Theologe schwere Bedenken.

'Ne ganze Zeit lang hatten die immer nur Hühner, macht Dieter weiter. *Die müssen ja sowieso sterben. Aber dann haben die mal 'ne Katze kaltgemacht. Da war Schluß bei mir. Ich habe gedacht, irgendwann wollen die meinen Karlo schlachten.*

Opfern heißt das, Dieter. Opfern.

Man opfert keine Katzen. Da ist bei mir zappenduster. Außerdem hab ich sowieso Ärger gekriegt.

Wieso? Zoff bei andern interessiert Jean-Marie immer.

Also, einmal hat Boß 'ne ganze Flasche Mezcal angeschleppt, der Fusel mit den Würmern drin. Boß meinte, daß das Zeug echt gut kommen würde. Jedenfalls waren wir irgendwann alle ziemlich hackezu. Boß konnte kaum noch stehen. Und dann hatte ich die Idee mit dem Elch.

Elch? In dieser Gegend gibt' keine Elche, weiß Jean-Marie.

Der Schwarzwaldelch. Gleich vorne im Naturkundemuseum, wenn Du vom Augustinerplatz rein kommst. Da steht das Vieh rum zwischen irgendwelchen Tannennadeln. Sieht total geil aus. Jedenfalls sind wir irgendwann bei dem Elch gelandet und ich sag zu den andern: Komm, wir lassen Boß mal reiten. Und Mary setzt noch eins drauf und meint, daß das unbedingt nackt sein müßte. Wir also Boß raus aus den Klamotten und rauf auf den Elch. Sah einfach schrill aus. Da zieht Stefan auch noch 'ne Polaroid raus und knipst den Scheiß. Du glaubst nicht, wie Boß ausgerastet ist, als er das Foto gesehen hat. Der war auf einen Schlag wieder nüchtern. Zur Strafe hat er von Stefan verlangt, daß er sich sozusagen als Opfer einen runterholt. Das war dann das totale Desaster. Stefan, also der Zwerg beim Auto vorhin, also der steht mit heruntergelassenen Hosen im Museum und orgelt, was das Zeug hält. Aber nichts passiert. Da leidet der heut noch drunter. Und außerdem hat Mary wie blöd gelacht. Ist doch klar, daß da nichts läuft, oder?

Hämmerle gießt Pikulski nach. Der ist deutlich am Ende seiner Kräfte. Aber Jean-Marie kann sich nicht verkneifen, das auszusprechen, was ihm schon die ganze Zeit durch den Kopf geht:

Vielleicht ist Kopf ja nicht der einzige Verdächtige.

Apfelkuchen und Intrigen

Die Tiengener Spätnachmittagssonne blinzelt durch die halbgeschlossenen Gardinen direkt ins Schlafzimmer von Susi Scholz. Sanft streichen ihre Strahlen über die Kiefernkommode. Einige Schubladen stehen offen. Keck lugt Damenwäsche hervor. Auf dem Boden liegen wild verstreut ein paar Kleidungsstücke: Socken und Boxershorts von vorgestern, eine zeltgroße 501, ein T-Shirt vom Vortag und eine winzige ockergelbe Lederweste, die schlank machen soll. Das modische Stilleben wird aufgelockert durch einige Accessoires aus der Damenabteilung von Hertie. Über den Flokati streift Gewisper. Es kommt aus dem Futonbett:

Du, Jean-Marie, das war wirklich unheimlich schön, Du. Ich hätte nie gedacht, daß Du so bist... Du, echt, ich meine, so zärtlich und so... das würde man bei Dir gar nicht denken.

Jean-Marie Hämmerle zieht das lindgrüne Laken über den Wanst. Man muß ja nicht alles sehen. Der blonde Wuschelkopf von Susi Scholz ruht an seiner dicht behaarten Brust. Mit den Wurstfingern tätschelt er ihren Po:

Ich fand's auch nicht schlecht. Ich meine, irgendwo passen wir anscheinend ganz gut zusammen. Hämmerle grinst, aber Susi ist mit den Gedanken schon viel weiter:

Du, am Sonntag hat meine Mutter Geburtstag. Ich hätte gern, daß Ihr Euch kennenlernt. Also jetzt, wo wir beide...

... wo wir beide was? Hämmerle wird mißtrauisch.

Na, wo wir beide so gut zusammenpassen. Hast Du doch eben selbst gesagt.

*Ja aber, am Sonntag, also ich hab 'ne Dauerkarte für den SC.
Und da kann ich nicht weg. Ich meine, das war ein Sau-
stress, die zu kriegen.*

Susi zieht eine Schnute:

Und das ist wichtiger als der Geburtstag meiner Mutter?

Das kommt Hämmerle bekannt vor, so hatte es letztes Mal
auch aufgehört. Er linst verstohlen auf Susi und atmet tief
durch:

Ich kenn doch Deine Mutter gar nicht.

Eben, kontert Susi.

Was wahr ist, muß wahr bleiben. So kriegt Jean-Marie Hämmerle die Situation nicht in den Griff. Hier sind handgreifli-
chere Argumente gefragt. Er zieht Susi etwas näher zu sich
und versucht, ihr zart übers Haar zu streicheln. Das muß zu
diesem Thema reichen. Nicht für Susi Scholz:

*Weißt Du, meine Mutter backt den besten Apfelkuchen der
Welt.*

Hämmerle gerät für eine Sekunde ins Schwanken. Essen ist
für ihn weit mehr als nur Ernährung. Essen ist eine Weltan-
schauung, ist Kultur an sich. Am Essen erkennt man den
Menschen. Der Mensch ist, was er ißt. Erst kommt das Fressen, dann die Moral:

Bring mir doch einfach ein Stück mit.

Susi schaut Hämmerle schweigend an. Die Situation wird
langsam kompliziert. Er gerät ins Schwitzen:

Also gut, ich überleg's mir noch mal, schwindelt er und
schaut auf die Uhr. *Du, ich muß los.*

Was, schon? Susi richtet sich auf.

Um Acht habe ich meine Tour, lügt Hämmerle.

Ich dachte, wir gehen noch spazieren, Jean-Marie.

Jean-Marie haßt Spazierengehen. Bewegung an frischer Luft hat ihm noch immer geschadet. Schweigend steigt er aus dem Bett, kramt seine verwurstelten Socken hervor, fischt die Unterhose vom Boden, klemmt sich in Hose und T-Shirt. Zum Schluß die ockergelbe Lederweste:

Weißt Du, murmelt er, *ich bin da noch in so 'ne Sache verwickelt, die ist ganz schön kompliziert. Da rennt ein Irrer durch die Stadt und kreuzigt Katzen.*

Wie bitte?? Was? Und was hast Du damit zu tun? will Susi wissen.

Kann ich Dir noch nicht sagen, ist wirklich geheim. Aber ich glaube, wir können den Fall bald lösen. Mit einer entschlossenen Geste zurrt Hämmerle den Gürtel unter dem Bauch fest.

Wer wir? Susi läßt nicht locker. So schnell soll ihr nagelneuer Lover nicht davonkommen. Aber der hat's plötzlich eilig: *Du, ich kann da echt nicht drüber reden. Ich muß jetzt erstmal los. Taxi fahren, ich muß ja schließlich auch mal arbeiten. Und dann treffe ich mich noch mit einem Informanten.* Bevor Susi noch etwas sagen kann, drückt Hämmerle ihr einen Kuß auf die Schnute. Dann zur Tür und raus. Im Taxi atmet Hämmerle durch. Das muß man als Mann erstmal verkraften.

Mann Du, das muß man erstmal verkraften. Die wollte mich gleich als Schwiegersohn etablieren. Lockt mich mit Apfelkuchen zu ihrer Mutter. Jean-Marie läuft jetzt noch das Wasser im Mund zusammen. Apfelkuchen ist eigentlich eine seiner ganz großen Schwächen. Apfelkuchen, wie ihn seine elsässische Großmutter immer gebacken hatte: Mit einem dicken Eierguß, nach Vanille duftend, mit Mandeln und Sahne...

Ich sag doch, vor der mußt Du aufpassen. Dieter Pikulski lehnt grinsend an Hämmerles Taxi und spielt mit seinem Goldkettchen. *Und deshalb läßt Du mich hier eine halbe Stunde warten. Wir haben Glück, daß uns Kopf noch nicht durch die Lappen gegangen ist.*

Hämmerles Blick folgt dem sanften Anstieg der Günterstalstraße. An der Urachstraße die übliche Szene, einige Penner hocken auf der Bank, zwei Jogger traben den Gehsteig entlang. Eine 4 rattert Richtung Innenstadt. Wie hatte der Oberbürgermeister doch gesagt? Das Tolle ist, die Wagen können in beide Richtungen fahren.

Dieter reißt Jean-Marie endgültig aus seinen Apfelkuchenträumen:

Mensch Junge, komm zu Dir. Susi muß ja ganz schön heiß gewesen sein.

Du kennst sie ja wohl. Hämmerles Stimme bekommt wieder diesen etwas spitzen Unterton. Daß Susi mit Pikulski schon mal was hatte, ist ihm gar nicht recht.

Eben. So wild war sie nun auch wieder nicht. Wenn Pikulski an die Geschichte mit Susi denkt, geht ihm heute noch der Arsch auf Grundeis. Fast wäre er in die Falle gegangen. Da macht man sich's mal einen Abend lang gemütlich, und schon hat man angeblich die Ehe versprochen. Zumindest stand es so angeblich in den Karten. Dieter Pikulski als Schicksalsfigur im Leben von Susi Scholz. Der Vorbestimmte, dem man nicht entrinnen kann. Nach einem etwas nervigen one-night-stand bombardierte Susi Dieter regelrecht mit Anrufen und angeblich spontanen Besuchen. Natürlich hatte er hin und wieder mal nachgegeben, schließlich ist man kein Unmensch. Außerdem ging es ihm damals nicht gut. Seine Mutter hatte einen neuen Freund und dann hatte ihn auch noch Gabi sitzen lassen. Zudem war da Martina. Hämmerle hat Susi anders in Erinnerung:

Bei Dir vielleicht nicht. Außerdem kannst Du mir auch mal 'nen Schluck abgeben.

Pikulski reicht den Flachmann rüber. So vergeht die Zeit. Keine Spur von Kopf.

Von der Johanneskirche bimmelt es acht Uhr. In der Ferne stimmt das Münster klangvoll ein. Da endlich tritt Klaus Kopf aus seinem Büro auf die Straße.

Welch feiner Zwirn, murmelt Pikulski.

In der Tat. Klaus Kopf hat sich feingemacht, Schlips und Kragen, der Anzug von Boss.

Sieh ihn Dir an, Dieter. So sieht ein Mann aus, der Erfolg hat. Hämmerle klingt leicht neidisch.

Und der dafür über Katzenleichen geht, bringt Pikulski den Gedanken zu Ende.

Kopf verschwindet in einer Einfahrt. Dann jault ein Motor auf. Ein Porsche schießt um die Ecke, ohne auf den Verkehr zu achten. Wer so ein Auto hat, der hat auch Vorfahrt.

Pikulski schwingt sich ins Taxi:

Los hinterher!

Mit 227 Pfund kann man sich nicht schwingen. Da vertraut man mehr auf die Schwerkraft. Wie ein nasser Sack plumpst Jean-Marie hinter das Steuer. Der eierschalenfarbene Diesel aus der Taxi-Zentrale glüht vor und röhrt dann heiser. Hämmerle gibt Gas:

Der fährt ja quasi wie eine angesengte Sau.

Der Porsche ist fast schon bei der Johanneskirche. Aber auf Freiburgs Ampeln kann man sich verlassen. Rot für Kopf. An der Talstraße haben Pikulski und Hämmerle das Objekt ihrer Observierung wieder fest vor der Stoßstange. Grün.

Jetzt nicht nachlassen! Pikulski fährt eigentlich BMW.

Die wilde Jagd führt am Studentenwerk vorbei über den Werderring. An der Uni ist wieder rot. Einige Fahrradfahrer strampeln aus der Rempartstraße in Richtung UB. Hämmerle wirft einen sehnsuchtsvollen Blick auf das Portal der Uni. Fast ist es, als wollten ihm Aristoteles und Homer zuwinken. Und als die Ampel grün wird, murmelt er: _

Die Wahrheit wird uns frei machen, Dieter. Ich sage Dir, heut abend ist er fällig.

Vorbei am Theater, dann am Verkehrsbüro. Kopf biegt scharf rechts ab, direkt vor's Colombi.

Die Sau hat's nicht mal nötig zu blinken.

Rechts muß man doch nicht, wundert sich Pikulski.

Der Porsche bleibt quietschend vor dem Eingang von Freiburgs erstem Hause stehen. Kopf steigt aus und drückt dem Portier den Schlüssel in die Hand. Hämmerle fährt vor bis zum Taxistand. Im Rückspiegel sieht er Kopf gerade noch im vergoldeten Türrahmen verschwinden. Kaum ist er drin, biegt eine andere bekannte Gestalt um die Ecke. Freiburgs oberster Wirtschaftsförderer persönlich. Hämmerle zieht pfeifend die Luft ein:

Ich werd nicht mehr. Wenn die beiden da nichts ausklüngeln, dann freß ich 'nen Besen.

Pikulski verrenkt sich fast den Hals:

Das hätten wir uns eigentlich gleich denken können. Der mit seiner maroden KTS. Der braucht doch irgendwas, was er vorweisen kann, irgend einen Erfolg oder so.

Quasi als Entschädigung für den OB. Zwar liest Hämmerle die BZ nur ohne Lokalteil, aber in der Lokalpolitik kennt er sich bestens aus. Schließlich ist man nicht umsonst Taxifahrer.

Weil die den Kongreßpalast nicht vollkriegen, müssen eben andere Erfolge her. Pikulski ahnt Schlimmes. *Wahrscheinlich wollen die die ganze Innenstadt sanieren. Das kann doch nur bedeuten, Kopf verkauft der Stadt meine Bude. Die lassen den Schuppen abreißen und ändern ganz schnell den Bebauungsplan.*

Hämmerle spinnt den Gedanken nahtlos zu Ende:

Und dann kommt irgendein ausländischer Investor daher, dem sie das Filetstück in der Innenstadt andrehen. Für ein Schweinegeld, sag ich Dir. Und mit dem Deal im Rücken fällt die Pleite mit der KTS in der Negativbilanz nicht mehr so auf.

Meinst Du echt, das reicht? Pikulski ist skeptisch. Hämmerle fegt die Bedenken seines Freundes beiseite:

Klar Mann, das ist wie überall. Du mußt Scheiße nur im großen Stil bauen und dann mit peanuts ablenken. Die haben doch auch nicht umsonst den Effenberg bei der WM nach Hause geschickt und Vogts ist immer noch Bundestrainer. Antäuschen, ablenken, abziehen und das Ding ist drin. That's business, Dieter.

Ja gut. Ich mein, da hast Du irgendwie recht. Und dafür mußte Karlo dran glauben. Mein Kater ist im Häuserkampf gefallen, Jean-Marie. Boß können wir vergessen.

Sex and Crime

Mitternacht ist längst vorbei. Wie in jeder anderen Nacht gegen halb drei ist die Innenstadt wie ausgestorben. Nur vereinzelt rollen leere Coladosen mit SC-Emblem durch die Straßen. Der Höllentäler tut sein Werk. Wenn man jetzt überhaupt noch jemandem begegnet, dann sind es hoffnungslose Touristen auf der Suche nach einer geöffneten Kneipe. Das Caveau ist zu, Freiburgs Sekretärinnen und Bankangestellte sind schlafen gegangen. Nur im Löwen hocken ein paar Versprengte über Schweinshax'n mit Sauce Béarnaise. Der Löwen hat wenigstens bis drei auf, dafür nimmt man manches in Kauf. Die Bächle trollen müde vor sich hin, auch das Kopfsteinpflaster hat genug vom Getretenwerden. Im Belle Epoque sind die Lichter ausgegangen. Heute ist es Pikulski recht. Der Abend hatte zwar keinen großen Umsatz gebracht, dafür aber eine einzelne Dame an die Theke gespült. Genau Pikulskis Typ. Blond, mit klirrenden Armreifen und kirschrotem Schmollmund, Marke "Bitte sprechen Sie langsam". Darauf fliegt Pikulski. Da reicht es, die Gläser regelmäßig nachzufüllen, die Jacketkronen zu zeigen und den einen oder anderen Satz hinzuwerfen:
Schöner Abend heute abend, was?
Find ich auch.
Genau.
Hmm.
Schon ziemlich spät, wie?
Hmm.

Noch einen?

Aber nur einen klitzekleinen.

Na denn...

Prösterchen!

Auf das, was wir lieben. Pikulski grinst.

Hmm.

Schmeckt gut, was?

Hmm.

Na, dann nehm ich auch noch einen.

Auf Kosten des Hauses, was? Die Blonde macht Schnütchen.

Man gönnt sich ja sonst nichts.

So sehen Sie eigentlich gar nicht aus.

Ach, wissen Sie...

Jaja, stille Wasser sind tief.

Wem sagen Sie das. Dieter nickt.

Ach ja...

Wo soll's denn noch hingehen heut abend?

Jetzt ist das Finale eingeleitet. Die Lady rutscht unruhig auf dem Barhocker hin und her:

Kommt ganz drauf an.

Worauf denn?

Man weiß ja nie...

Also ich mein...

Ja?

Ich mein, ich muß den Laden hier irgendwann mal zumachen, aber...

Aber was?

Aber ich mein, ich kann Sie ja schlecht hier auf die Straße setzen.

Das wäre wirklich nicht nett.

Eben. Also, wenn Sie, ich meine, wenn ich Du sagen darf, ich meine, wenn Du, also ich heiße Dieter, also, wenn Du nicht denkst, daß ich, also..., ich wohne hier gar nicht weit, grad um die Ecke rum, und ich hab da noch so 'ne Flasche im Kühlschrank...

Also, wenn man so nett gebeten wird, da kann man nicht nein sagen... Ich heiße übrigens Karin.

Toller Name. Hört man selten. Deine Eltern müssen einen guten Geschmack gehabt haben.

Pikulski ist zur Höchstform aufgelaufen. Zehn Minuten später schlüsselt er an der Tür zum Belle Epoque herum. Karin atmet die gute Luft der Grünwälderstraße tief ein:

Huch, ich glaub, ich hab einen Kleinen sitzen.

Dann paß bloß auf, daß Du nicht in die Bächle trittst, sonst mußt Du einen Freiburger heiraten. Dieter lacht anzüglich.

Keine Angst, das hab ich schon hinter mir.

Geschieden?

Nö.

Na prima. Und wo weilt der Gatte?

In Flensburg.

Punkte zählen?

Nö, Grundstücke. Makler.

Für einen Augenblick schwebt ein toter Kater namens Karlo an Pikulski vorbei:

Muß ja auch sein. Für eine Nummer ohne Nachspiel ist Dieter schnell bereit, seine Grundsätze über den Haufen zu werfen.

Unterdessen sind die beiden auf dem Augustinerplatz angekommen. Der Höllentäler bläst verschärft. Jetzt nur noch quer über die Salzstraße und Pikulski ist für heute am Ziel.

Im Treppenhaus funktioniert das Licht mal wieder nicht. Glück für Dieter. Für Karin auch. Die beiden starten eine ausgiebige Knutscherei.

Als Dieter zwei Stockwerke höher die Wohnungstür aufschließt und Karin vorgehen läßt, ist er immer noch atemlos. Karin kann schon wieder sprechen. Sie spielt nämlich Tennis:

Läßt Du immer das Licht an?

Dieter knallt die Tür hinter sich zu:

Muß ich vergessen haben. Mach es Dir irgendwo bequem. Ich hol inzwischen den Schampus. Mit einem lässigen Blick zurück verabschiedet sich Dieter in Richtung Küche. Während Karin sich im Flur aus ihrer schwarzen Lederjacke pellt und die Pumps abstreift, knallt in der Küche schon der Korken. Die Gläser zwischen die Finger geklemmt, tauchen Pikulski und Schampus wieder auf:

Wow, hier bin ich wieder.

Dann können wir ja zum gemütlichen Teil übergehen.

Exakt! Mit der Stiefelspitze stößt Dieter die Tür zum Wohnzimmer auf. Auch da brennt Licht. Aus den Tiefen von Pikulskis Ledersofa schält sich unendlich langsam Karl-Heinz "Boß" Bossen:

Schön, daß Ihr da seid.

Wie kommst Du denn hier rein? japst Dieter.

Willst Du mich der Dame nicht vorstellen? Boß kommt näher.

Geht's noch? Du kannst doch nicht hier einfach so...

Wie Du siehst, kann ich doch. Und ich kann sogar noch

mehr. Boß baut sich und seine Einsneunzig drohend vor Dieter auf. *Ich glaube, es ist besser, wenn Du Deine -* Boß hält einen Moment inne - *Deine Bekannte nach Hause schickst.*

Du spinnst wohl. Dieter ist mutig. *Wenn hier einer geht, dann Du!*

Ich glaube, da irrst Du Dich, mein lieber Dieter.

Karin wird die Angelegenheit langsam zu heiß:

Also, ich glaube, ich muß jetzt sowieso langsam, mein Mann wartet sicher schon.

Ich denke, der ist in Flensburg. Für Dieter geht jetzt einiges durcheinander. Aber Karin ist schon unterwegs in Richtung Pumps und Jacke:

Ich geh dann mal.

Warte doch, Karin. Ich regel das schon. Pikulski versucht zu retten, was zu retten ist. Immerhin hatte alles so gut angefangen. Und nun versaut ihm Boß die Nummer.

Mensch, Boß. Können wir das nicht morgen...

Also wenn das Dein Chef ist, dann ist es wirklich besser, ich gehe jetzt mal. Für Karin ist die Sache klar. Wenn Männer sich über's Geschäft unterhalten wollen, stören Frauen nur.

Der heißt doch nur so.

Karin läßt sich nicht überzeugen. Mit der Jacke in der Hand stürmt sie zur Tür. Dann ist sie draußen.

Pikulski kriegt sich nicht mehr ein:

Du Arsch, vermasselst mir voll die Tour. Das Mädel war heiß, das war alles im Kasten.

Mit zwei schnellen Schritten ist Boß bei Dieter und packt ihn am Revers:

Halt endlich die Klappe mit der Ziege. Und wo wir gerade

bei "Kasten" sind. Da war doch neulich die Geschichte mit Dir und dieser Qualle und so 'nem komischen kleinen Teil, wo irgendwas unheimlich Wichtiges drin war. Ich erinnere mich da so dran, daß ich irgendwie da auch was mit dazu zu tun hatte. Da ist doch sicher was dabei zu holen. Ich könnte dringend 'n bißchen Kleingeld gebrauchen. Und Du willst doch nicht, daß irgend jemand was von Eurer kleinen miesen Geschichte erfährt? Wenn ich stillhalten soll, dann kostet Euch das eine Kleinigkeit.

Du hast doch gesehen, worum es geht. Da ist überhaupt nichts bei zu holen. Und deshalb scheuchst Du mir die Kleine von der Bettkante! Dieter ist stinksauer.

Ich glaub, Du checkst nicht ganz, worum's hier geht. Boß zieht Pikulski noch etwas näher an sich heran. Für einen Augenblick nimmt sein Mundgeruch Dieter den Atem. Dann ist er wieder bei der Sache:

Doch, daß Du mir mächtig die Tour versaut hast. Und außerdem, was hast Du hier eigentlich zu suchen. Das grenzt ja klar an Hausfriedensbruch oder so ähnlich.

Hör auf mit dem geschwollenen Gequatsche. Was war in der Kiste? Boß wird jetzt lauter. Dieter auch:

Das hast Du Arschloch doch gesehen. Die wollen mich hier rausekeln. Darum geht's und um nichts anderes. Mein Gott, Du kapierst auch gar nichts. Hier geht's um Wohnungsschieberei im großen Stil. Aber das ist Dir wahrscheinlich nicht esoterisch genug. Du läßt Mary ja lieber Katzen schlachten und spinnst nachts im Völkerkundemuseum rum. Jetzt wird Boß richtig sauer. Er schüttelt Dieter so heftig, daß es den fast von den Füßen holt:

Wenn Du nicht augenblicklich die Klappe hälst, quetscht er durch die Zähne, *dann zeig ich Dir mal, was ich mit solchen Typen wie Dir mache. Und da ist Katzenschlachten ein Dreck dagegen, Dieter. Ich sag Dir, es gibt Dinge, die kennst Du nicht mal aus Deinen Alpträumen. Ich sag nur "Das Schweigen der Lämmer" ist ein Kinderfilm dagegen.*

Bossens Adern schwellen bedrohlich an. Pikulski kennt diesen Zustand an ihm. Da ist er zu allem fähig. Einmal in der Voodoo-Gruppe hatte Pikulski Boß so erlebt. Da schrappte das Schlachtermesser knapp an Stefans Kehle vorbei. Dabei hatte Stefan nur gekichert, weil sich Boß während seines rituellen Tanzes mit dem Cowboystiefel im Saum seiner Kutte verhakt hatte und voll auf die Schnauze gefallen war. Boß geriet vor Wut in einen echten Blutrausch. Aller Ekel vor Katzenblut war wie weggewischt. Mit beiden Händen hatte er das tote Opfertier gepackt und damit auf Stefan eingeprügelt. Hinterher mußte Mary eine Sonderschicht einlegen, um den Parkettboden von den Flecken zu reinigen. Und trotzdem waren am Tag darauf noch Blutspritzer an den Vitrinen zu sehen. Das hat Dieter nicht vergessen:

Ist ja schon gut Mann, reg Dich nicht auf, war ja nicht so gemeint, ich mein...

*Was heißt hier, Du meinst. Du hast hier gar nichts zu mei-*nen. Boß ist immer noch in Rage. In solchen Augenblicken wachsen ihm Riesenkräfte zu. Pikulski schwebt inzwischen mit den Füßen über dem Parkett. Langsam wird ihm schwindelig.

Irgendwann werden Boß die Arme lahm. Mit einem verächtlichen Grunzen stößt er Pikulski von sich, schleudert ihn regelrecht gegen die Wand. Voll auf den Musikknochen. Und jetzt wird es Dieter langsam zu viel:

Hau ab, Du Arsch, hechelt er. *Raus hier, oder ich ruf die Bullen.*

Das läßt Du kleiner Scheißer lieber bleiben. Ich sag nur: Kassette.

Und ich sag nur: Voodoo. Ich weiß genug über Dich für ein paar Jährchen im Café Achteck.

Jetzt gehen bei Boß die Lichter endgültig aus. Dann bei Dieter. Eine Rechte, eine Linke, einen fallen lassen. Das letzte, was er mitbekommt, ist ein Tritt in den Magen und eine Ahnung davon, wie schön es hätte werden können. Heute. Mit Karin. Dunkel. Ende. Aus.

Nacht und Nägel

Auch in der Zasiusstraße ist es dunkel. Nur aus einem Wohnmobil dringt ein schwacher Lichtschein. Obwohl sich der Höllentäler längst zur Ruhe begeben hat, schaukelt der VW-Bus sanft hin und her. Aber die gekrümmte Gestalt, die sich langsam die Straße entlang quält, bemerkt das heimliche Liebesnest nicht. Ihre genagelten Pferdelederstiefel hallen hohl von den Häuserwänden wider.

Vor Hämmerles Haus bleibt Pikulski stehen. Mühsam befunzelt er mit seinem Feuerzeug die Klingelknöpfe an der Haustür. Endlich findet er den Namen, den er sucht. Jott Punkt Emm Punkt Hämmerle, Privatier. Nur noch ein langes Schellen bis zur Rettung.

Vier Stockwerke höher schnarcht Privatier Hämmerle den Schlaf des gerechten Taxifahrers. Der massige Körper ruht friedlich unter der Bettdecke. Aber in seinen Träumen geht es heftig zur Sache:

Susi, nein...

Die zartlila Gestalt hält Hämmerle umklammert wie ein Schraubstock und überdeckt ihn mit entsetzlich feuchten Küssen. Überall blonde Dauerwellen wie Spinnweben, im Auge, in der verstopften Nase, im Mund, in den Ohren. Hämmerle ringt im Schlaf nach Luft:

Susi, laß doch!

Zu seinem Entsetzen verfällt Susis Gesicht in Sekunden. Tiefe Falten graben sich um die Mundwinkel. Der Glanz der kornblumenblauen Augen verwandelt sich in katzenhaftes Grün. Ein heißer Apfelkuchenatem bläst ihm ins Gesicht. Hämmerle bäumt sich auf. Aber so sehr er sich müht, es ist umsonst. Dicke Stricke graben sich in seine Handgelenke. Hämmerle will schreien. Doch der Schrei wird mit einem riesigen Stück Apfelkuchen im Keim erstickt.

Das könnte Dir so passen, meine Tochter zu begrapschen. Iß, meine Susi kriegst Du nicht. Die Stimme von Frau Scholz kippt über in ein schrill klingelndes Falsett, durchdringend und scheinbar endlos. Jean-Marie rollt und stampft und versucht, dem riesigen Killerapfelkuchen auszuweichen.

Ein harter Schlag rettet ihn. Blitzartig ist Mutter Scholz verschwunden. Nur ihr Geschrei klingelt Hämmerle noch in den Ohren, jetzt, auf dem Fußboden neben dem Bett. Schweißnaß treibt es ihn zum Selbstgebrannten. Im Licht des Kühlschranks kippt er ein Glas. Das Herzklopfen setzt für einen Moment aus. Mutter Scholzens Falsett röhrt weiter. In Jean-Maries Kopf arbeitet es. Das kann kein Traum mehr sein. Das ist jetzt die Wirklichkeit.

Oh nein, stöhnt er und blickt gehetzt um sich. Doch da ist niemand. Der Abwasch der letzten beiden Wochen in der Spüle verhält sich mäuschenstill. Der Mülleimer müffelt tonlos in der Ecke. Selbst der Sittich schläft ruhig auf der Gardinenstange. Auf dem vollgeladenen Küchentisch schwimmt eine Ölsardine trostlos und stumm in ihrer Dose. Blitzartig stellt sich Erkenntnis taghell ein. In der Wohnung ist tatsächlich niemand. Aber unten vor der Tür lehnt jemand am Klingelknopf.

Leck mich doch, murmelt Hämmerle und sucht sich durch diverse Wäschestücke einen Weg zum Fenster. Vorsichtig

69

linst er auf die Straße. Dieter Pikulski. Hämmerle reißt das Fenster auf:

Spinnst Du!

Sekunden später gehen unter ihm die Lichter an.

Ruhe da oben!! Wissen Sie, wie spät es ist?

Hämmerle läßt den Summer arbeiten. Nachdem er die Sicherheitskette gelöst und die Tür einen Spalt breit geöffnet hat, schlurft er zurück zum Kühlschrank. Für einen Selbstgebrannten ist immer Zeit. Nach einer halben Ewigkeit und zwei weiteren Schnäpsen fällt endlich die Wohnungstür ins Schloß.

Tickst Du nicht mehr richtig, Dieter? Es muß quasi halb fünf sein.

Statt einer Antwort ein Stöhnen. Dann ein dumpfes Plumpsen.

Dieter?

Keine Antwort. Hämmerle zieht die Pyjamahose über den Wanst und sieht nach. Mitten im Flur liegt fast malerisch zwischen leicht ranzigen Sockenkringeln, den riesigen Moonboots vom vorletzten Winter, als Hämmerles damalige Freundin ihn zu einer Schneewanderung gezwungen hatte, was dann auch das Ende der Beziehung war, und den zusammengeknüllten BZ-Lokalteilen der letzten Monate, Dieter Pikulski oder das, was von ihm übrig ist. Jean-Marie ist beeindruckt:

Meine Fresse, hast Du geladen, so breit warst Du nicht, seit sie Dir das letzte Mal den Führerschein abgenommen haben.

Als kleine Anregung zum Aufstehen hält Hämmerle ihm seinen Fuß unter die Nase. Keine Reaktion. Vorsichtig stupft Jean-Marie Dieter an. Pikulski stöhnt gequält:

*Mann, ich bin verletzt. Ein Wunder, daß ich es noch bis
hierher geschafft habe.*
Hämmerle bleibt cool:
*Ich hol Dir erstmal 'nen Schnaps. Das hilft immer. Du
glaubst ja nicht, was ich eben geträumt habe. Da war doch
tatsächlich Susis Mutter...*
Halt die Klappe, Mann, ich kratz gleich ab. Dieter stöhnt
nur noch. Leicht beleidigt schlappt Hämmerle in die Küche.
Zurück mit einer Flasche Schnaps und einem alten Küchen-
tuch macht er sich über Pikulski her.
Laß mal sehen.
Vorsichtig rollt sich Dieter auf den Rücken.
*Oha, sieht aber Scheiße aus. Meinst Du, ich muß das aus-
brennen, oder reicht Schnaps?*

Gegen Morgen hat sich Pikulski nicht nur von der Schlägerei
mit Boß, sondern auch von der nachfolgenden Behandlung
einigermaßen erholt. Notdürftig versorgt liegt er auf Hämmerles Canapée im Wohnzimmer, in Griffnähe den Selbstgebrannten und eine Tüte Paprikachips, die ihm der Haus-
herr zur Stärkung serviert hat. Er ist schon wieder richtig in
Fahrt:
*Der Kerl lag schon fast am Boden, Du. Den hab ich richtig
fertiggemacht, also fast jedenfalls. Aber die Sau hatte noch
jemand im Badezimmer versteckt, und bei zwei gegen einen
seh selbst ich alt aus, manchmal jedenfalls. Und wenn sie
Schlagringe haben und von hinten kommen, hast Du kaum
noch 'ne Chance.*
Wieso hast Du dann die Macken alle vorn? will Hämmerle
wissen.

Mann, ich bin natürlich rumgewirbelt. Aber dann ist der Schrank aus dem Badezimmer gekommen und hat mich festgehalten. So von hinten und so.

Hämmerle nickt:

Nur eins versteh ich nicht. Warum?

Warum was?

Ich meine, warum haben die Dich fertig gemacht? Wegen der Kleinen aus dem Belle wird es ja wohl nicht gewesen sein. Hämmerle stopft sich die letzten Chipsreste in die Backentaschen. Dieter druckst rum:

Also erst, da war's einfach nur 'ne miese Erpressung, Boß wollte Kohle, damit er wegen der Kassette, die Du bei Kopf geklaut hast, das Maul hält.

Wußte ich doch, der Kerl ist ein Schwein, triumphiert Hämmerle. Dieter überhört den Einwand:

Aber dann habe ich ihm deutlich gemacht, daß ich einfach zu viel weiß.

Das ist mir bisher noch gar nicht aufgefallen.

Klugscheißer. Ich hab Dir doch erzählt, daß ich mal 'ne zeitlang in der Voodoo-Gruppe von Boß war. Das war noch ganz am Anfang. Die haben vielleicht einen Zirkus gemacht, vor allem Mary und Stefan.

Hämmerle grinst und schenkt nach. Dieter macht eine Pause und sortiert seine schmerzhaften Erinnerungen und Knochen:

Und weißt Du, was das Größte ist? Am Ende stellt sich raus, daß alles tatsächlich eine Riesenshow ist. Mit Boß in der Hauptrolle. Der hat die anderen dermaßen verarscht mit seinem Voodoo-Zeug.

Das hat sich Ex-Ethnologe Hämmerle gleich gedacht:

Du bist ja auch drauf reingefallen.

Quatsch! Dieter setzt sich stöhnend auf. *Ich wollte Spaß, Mann. Nur Mary und Stefan glauben den ganzen Scheiß mit dem Großen Tier. Für die ist Boß der absolute Ober-Guru. Die meinen, der hat einen direkten Draht in die Hölle. Boß hat die beiden total im Griff.*

Sind doch selber schuld, erläutert Jean-Marie. *Ich meine, so analytisch gesehen, kannst Du das alles erklären. Autoritäts-hörigkeit und so. Ödipussy halt. Weiß doch fast jeder.*

Aber Dieter kennt die wissenschaftliche Karriere seines Freundes und ist nicht so leicht zu beeindrucken:

Du mit Deinen zwei Psychologievorlesungen, Du weißt doch gar nicht, worum's dabei wirklich geht.

Klar weiß ich das, trumpft Hämmerle auf. *Meinen Freud hab ich gelesen. Jung, Adler, neulich hab ich sogar Tilmann Moser im Taxi gehabt.*

Quatsch, ich mein doch beim Voodoo. Ich hab Boß ja aller-hand zugetraut, aber daß er so ausgebufft ist, hätte ich nicht gedacht. Der hat die ganze Voodoo-Scheiße nur inszeniert, um Tankstellen zu überfallen. Mit Mary und Stefan, nur daß die beiden zu blöd dazu waren, das ganze zu kapieren. Die sind überzeugt, daß sie im Auftrag der Unterwelt unterwegs sind, das mußt Du Dir mal vorstellen.

Hämmerle schüttelt den Kopf und den letzten Rest Selbst-gebrannten aus der Flasche. Nach einem tiefen Schluck erzählt Dieter weiter:

Boß hat denen einfach erzählt, er brauche das Geld für ein Gemeindezentrum.

Na Amen, Sankt Satanias läßt grüßen.

Das wollte er angeblich in Herdern an der Sonnhalde hin-

stellen. Mit allem Drum und Dran: Ein Felsenkeller für die
Messen, eine Sauna, damit's auch schön warm wird, mit
Pool und einer riesigen Lustwiese, wo alle drunter und drü-
ber...

Für diesen Punkt interessiert sich Hämmerle etwas genauer:
Ich dachte, da wär gar nichts gelaufen, hakt er nach.

War doch alles erst im Anfangsstadium. Angeblich. Deshalb
konnte Boß den beiden ja auch weismachen, daß er die
ganze Kohle braucht. Für die Zukunft der Gemeinde eben.
Und außerdem hat er den beiden erzählt, daß, wenn sie mitmachen... daß sie dann später... also daß sie sozusagen Vize-
priester werden im Zentrum. Und alle anderen müssen dann
vor ihnen kuschen.

Welche anderen denn?

Ich zum Beispiel. Dieter wird etwas lauter. Boß wollte mich
zum ersten gewöhnlichen Gemeindemitglied machen. Und
ich sollte dann wieder welche anschleppen. Ich hab sogar
mal kurz an Dich gedacht...

Du spinnst wohl. Jean-Marie fährt hoch. Du glaubst doch
nicht, daß ich bei Deinem missionarischen Schneeballsystem
mitgemacht hätte. Ich hab immerhin lang genug studiert, um
das alles zu durchschauen.

Als Lawine wärst Du nicht schlecht gewesen. Auf jeden Fall,
Mary und Stefan waren ganz geil drauf, andere rumzukom-
mandieren. Und deshalb haben die mich auch gleich da mit
reingezogen, obwohl alles angeblich streng geheim war.
Jedenfalls sollte ich sofort bei ihren Tankstelleneinbrüchen
helfen. Ich bin dann mit zur Tankstelle in der Schwarzwaldstraße und prompt hätten uns fast die Bullen erwischt. Das
war das erste und letzte Mal für mich. Ich hab dann gleich

*bei der nächsten Messe gesagt, daß ich dabei nicht mehr mit-
mache.*

Und die haben Dich einfach so gehen lassen? Hämmerle
staunt. Da kennt er ganz andere Geschichten. Dieter auch:
*Natürlich nicht, Mann. Boß hat gedroht, daß er mich fertig
macht, wenn ich nur ein Sterbenswörtchen sage. Ich hab
natürlich so getan, als hätte mich das Große Tier am Arsch,
wenn ich rede. Bei den Messen durfte ich dann auch nicht
mehr mitmachen. Aber ich glaube, eigentlich war Boß ganz
froh, daß er mich los war. Auch wegen der Geschichte mit
dem Elch, von der ich Dir in Kapitel 7 erzählt habe.*

Ja ja, ich erinnere mich, sagt Hämmerle und blättert einige
Seiten zurück.

Die haben dann noch 'ne ganze Weile weiter gemacht, fährt
Dieter fort, *stand ja auch in allen Zeitungen und lief dau-
ernd bei FR1. Wie sicher sind Freiburgs Tankstellen, und so.
Der ganze Pressescheiß.*

Hämmerle fällt es wie Schuppen aus den Haaren:

*Und ich habe eine Todesangst ausgestanden damals. Als
Taxifahrer ist man ja hochgefährdet. An sich schon wegen
den Besoffenen. Aber dann mußt Du ja auch dauernd tan-
ken. Glatter Zufall, daß ich nicht in einen von Euren Überfällen reingerasselt bin.*

Was heißt "Eure Überfälle". Das will Dieter nun nicht auf
sich sitzen lassen. *Ich war nur einmal dabei, sag ich Dir. Und
da mußten wir ohne Kohle abhauen. Nur Mary hat ein paar
Hanuta mitnehmen können.*

Apropos: wo Du gerade Hanuta sagst. Hämmerle macht sich
auf den Weg in die Küche und holt eine neue Flasche.
Unterwegs schweifen seine Gedanken ab. Jetzt ein saftiges

Steak, so richtig kroß mit Kräuterbutter, innen noch blutig...

Bei "blutig" ist er wieder zurück und bei der Sache:

Eins versteh ich nicht. Wie kommt es, daß Du nach der Geschichte Boß geholt hast, um ihn die Kassette von Deinem Mietgeier aufbrechen zu lassen? Damit hast Du Dich doch quasi direkt ans Messer geliefert.

Im Gegensatz zu Dir versteht Boß halt was davon. Du hast die Kassette ja nicht aufgekriegt. Dieter argumentiert nach dem Motto "Angriff ist die beste Verteidigung". *Und außerdem war der später wieder echt normal, kein Wort über die Geschichte mit den Tankstellen. Kam abends ab und zu ins Belle...*

...und hat sich nach Deiner Katze erkundigt, nehme ich an, giftet Hämmerle zurück.

Du, es war echt in Ordnung. Im letzten Winter hat er mir noch seinen Nußkasten geliehen, um die Reifen zu wechseln. Mann, war ich blöd.

Das kannst Du laut sagen!

Die Sau hat sich die ganze Zeit nur verstellt und darauf gewartet, daß er mich so richtig in die Pfanne hauen kann. Und ich Idiot hole den Typen auch noch, um die Kassette von Kopf aufzumachen. Das war dann seine Chance.

Und ich sag noch, bloß den nicht. Jean-Marie hebt beschwörend beide Hände.

Ist ja gut, Du hast ja recht, wiegelt Dieter ab. *Aber das nützt mir jetzt auch nichts mehr, der hat mich echt am Arsch.*

Jetzt übertreibst Du aber.

Ächzend quält sich Dieter aus den Tiefen von Hämmerles Sofa. Mit schweren Schritten geht er zu seiner Jacke im Flur. Als er wieder zurück ist, streckt er Hämmerle eine Puppe entgegen:

Dann sieh Dir mal an, was ich vor meiner Tür gefunden habe.

Die Puppe ist ziemlich billig. Da wo ihr Gesicht war, prangt Dieters Portrait in Schwarzweiß. Ein einzelner Nagel zwischen den Augen.

Das sieht nicht gut aus, kommentiert Ex-Ethnologe Hämmerle.

Was heißt, sieht nicht gut aus. Dieters Stimme schnappt fast über. *Das ist fast das Ende, die letzte Warnung!*

Hämmerle greift an

An einem Samstagmittag trifft sich tout Fribourg in der Innenstadt. Nach dem Einkaufen trinkt man sein Bier, regt sich wie jeden Samstag darüber auf, daß die Geschäfte total überfüllt sind und zeigt, was man gekauft hat. Die chosen few der Breisgau-Metropole lieben es fein aber bodenständig und nippen in der Markthalle am Schampus. Um die Ecke am Martinstor liegt das Kolben-Café. Hier trifft sich, wer es härter liebt.

Zwei Capuccini bitte. Jean-Marie Hämmerle rudert mit gestreckten Fingern durch die verqualmte Luft.

Mit Milchschaum oder mit Sahne?

He, Dieter, willst Du mit Milchschaum oder mit Sahne?

Jean-Marie hat das Kommando übernommen. Nach der vergangenen Nacht ist Dieter immer noch nicht ganz auf der Höhe. Seine Reaktionen sind etwas langsam. Außerdem behindert ein riesiges Pflaster sein Seh- und Hörvermögen. Dieter antwortet nicht.

Können Sie sich das nächstes Mal vielleicht vorher überlegen? Die Blonde hinter der Theke ist heute wieder mal in Form. *Wir sind doch hier nicht im Altersheim, gucken Sie sich mal die Schlange an, meinen Sie, die Leute haben alle soviel Zeit wie Sie, also können Sie sich jetzt vielleicht endlich gefälligst mal entscheiden, ich kann nicht bis heute abend warten...*

Zweimal Sahne, unterbricht Hämmerle. Er hat, wie gesagt, das Kommando übernommen.

Herzlichen Glückwunsch zu der Entscheidung. Der Satz knallt wie eine Peitsche hinter der Theke hervor.

Pikulski und Hämmerle grinsen sich an. Echter Masotreff hier. Für alle, die ihren täglichen Anschiß brauchen, genau die richtige Adresse. Hier geht es zackig zu.

Wenig später rührt Jean-Marie in seiner Kaffeetasse. Das dauert etwas länger. Fünf Löffel Zucker wollen schließlich aufgelöst sein. Einen Nachteil hat der Laden. Es gibt keinen Schnaps.

Ich könnte was Vernünftiges vertragen nach der Aufregung heute Nacht, meldet Hämmerle. Dieter ist der gleichen Meinung:

Hausmannskost wäre gut. Wie wär's, wenn wir uns meine Kiste schnappen und zu den Schlatthöfen brettern?

Oha. Hämmerle erinnert sich. Im vergangenen Jahr hatte es ihn auf den Schlatthöfen fürchterlich verhagelt. Einer seiner Taxikumpels war Vater geworden. Und am Vatertag waren drei Männer und ein Baby durch den Mooswald gezogen. Nach gut einer halben Stunde Fußmarsch konnte Hämmerle definitiv nicht weiter. Er ließ sich gerade noch überreden, bis zu den Schlatthöfen durchzuhalten. Dort hatten es sich die drei Männer und das Baby mit einer 1a-Schlachtplatte dann dermaßen gemütlich gemacht, daß die Mutter des Kindes schon die Polizei angerufen hatte.

Was jetzt, Jean-Marie, oder willst Du lieber zum Schreiber?

Pikulski reißt seinen Freund aus Blut- und Leberwurstträumen. Ein echtes Grünhofschnitzel wäre auch nicht schlecht. Dafür läßt Hämmerle fast alles stehen. Fast:

Fährst Du? fragt er.

In den Grünhof? Da gibt's doch nie 'nen Parkplatz.

Also zu Fuß auf keinen Fall, wehrt Jean-Marie ab, *dann lieber in den Mooswald.*

Nach der letzten Nacht will Dieter jede Form von Streit vermeiden:

Weißt Du was, jetzt gehn wir erstmal das Auto holen, dann können wir uns immer noch überlegen, wo wir hinwollen. Holst Du mich hier ab?

Wo soll ich denn hier parken? Die paar Meter wird's noch gehen.

Beim Hinausgehen beobachten Hämmerle und Pikulski gerade noch, wie ein offenbar Ortsunkundiger belegte Brötchen bestellt.

Zwei Brötchen bitte.

Wir haben: Mohnbrötchen, Sesambrötchen, Laugenbrötchen, Milchbrötchen, Rosenbrötchen, Wasserbrötchen, Baguettebrötchen, Panini, können Sie sich vielleicht etwas genauer fassen?

Schatz, was für ein Brötchen möchtest Du?

Äh, vielleicht ein Mohnbrötchen, nein, vielleicht doch lieber eins mit Sesam.

Also, zwei Sesambrötchen.

Die Stimme hinter der Theke wird schärfer:

Soll auch was drauf sein?

Schatz, was soll denn drauf sein?

Äh, vielleicht Käse, oder frag doch mal, ob sie Schinken haben.

Haben Sie Schinken?

Schinken???!!! Wir haben rohen Schinken, gekochten Schinken, Schwarzwälder Schinken, Westfälischen Schinken, Parmaschinken. Können Sie sich das nächstes Mal vielleicht

*vorher überlegen was Sie wollen, wir sind doch hier nicht
im Altersheim, gucken Sie sich mal die Schlange an, meinen
Sie, die Leute haben alle soviel Zeit wie Sie, also können Sie
sich jetzt vielleicht endlich gefälligst mal entscheiden, ich
kann nicht bis heute abend warten...*
Meine Fresse, ist die wieder in Form. Hämmerle schnalzt
anerkennend mit der Zunge.

In der mittäglichen Gerberau blockieren die Samstags-Ein-
käufer mit Tüten und Schaufenstergucken die Gehsteige.
Zum Glück spielt der SC erst morgen, sonst sähe es noch
schlimmer aus.
Dieters Auto steht in der Tiefgarage am Augustinerplatz.
Während Pikulski an der Schließanlage fummelt, kneift
Hämmerle die Augen zusammen und taxiert die jeunesse
dorée im Café Emporio über der Stadtmauer:
*Sieh sie Dir·an, Dieter. Die Elite der Nation, die Besten Dei-
nes Landes, die Crème de la Crème. Die haben im Leben
noch nicht gearbeitet. Wenn ich mir überlege, daß die mal
an den Schaltstellen der Macht sitzen werden, kommt mir
das Kotzen. Papi auf der Tasche liegen und dumm rum-
schwätzen.*
Komm jetzt, Jean-Marie. Dieter kennt die Platte. *Ich hab
Hunger.*
Das zieht. Hämmerle zwängt seine Massen hinter Pikulski
die enge Wendeltreppe runter. Dieters BMW hat sein
Zuhause im zweiten Untergeschoß. Aber irgendwas ist
anders als sonst. Pikulski ist als erster am Wagen. Er japst
auf. Weiß wie die Wand krallt er sich am Rohputz fest.
Einen vernünftigen Satz bringt er nicht heraus. Nur Stöhnen

und Klappern mit dem Unterkiefer. Hämmerle schnauft heran:

Mußt Du kotzen oder was?

Keine Antwort. Nur ein stummer Finger zeigt auf die weißen Breitwandreifen. Nägel dicht an dicht. In allen vier Reifen.

Hämmerle bewahrt Fassung. Er wühlt in den Tiefen der Hosentaschen und fördert einen Underberg zutage, letzte Rettung, erste Hilfe. Auf einen Zug ist das kleine braune Fläschchen leer. Hämmerle ist über den Berg und sieht klar: *Aber das sind ja lauter, lauter...*

... Nägel. Dieters Stimme klingt, als käme sie aus der Familiengruft. Überall Nägel, stammelt er.

Das hatten wir doch heute nacht schon, analysiert Jean-Marie. *Ist ja wohl eindeutig, wer da hinter steckt. Boß scheint Nagelfetischist zu sein. Ganz schöner Schaden, geht in die Tausende, zahlt garantiert keine Versicherung, ich kenn mich da aus, so was ähnliches hatte ich auch schon mal. Da hat Deine Voodoo-Truppe bestimmt eine Nacht dran gebastelt, so viele Nägel in nur vier Reifen zu kriegen.*

Erst Karlo, und jetzt das Auto. Dieter heult rum. *Alles, was ich lieb hab, machen sie kaputt.*

Als nächstes ist sicher Deine Mutti dran.

Ich glaube eher, daß ich jetzt dran bin.

Dieter, Du siehst das falsch. Die wollen Dich quasi indirekt töten. Und daran stirbst Du. Nennt sich Fetisch-Theorie. Aber die haben nicht mit Jean-Marie Hämmerle gerechnet. Ich hab die Nase voll. Ich nehm den Verein jetzt hoch.

Wie willst Du das denn anfangen, die sind doch viel mehr.

Dieter ist völlig fertig.

Ich weiß noch nicht genau. Hämmerles Stirn wirft Falten. *Aber irgendwas wird mir einfallen. Wichtig ist vor allem Empirie. Beobachtung. Feldforschung, wie der Ethnologe sagt. Zugucken, was die so machen, wäre quasi am besten. Die klassische Trias. Zugucken, zuschlagen.* Jean-Marie hält inne.

Das sind doch nur zwei.

Das ist Dialektik, Dieter, davon verstehst Du nichts. In jedem Fall muß ich ins Völkerkundemuseum, mir die ganze Sache aus der Nähe ansehen. Wann treffen die sich denn das nächste Mal?

Eigentlich nur einmal die Woche, aber bei Vollmond gibt's 'ne Sondersitzung. Und das...

... ist quasi heute. Deshalb hab ich letzte Nacht von Susi geträumt.

Ja, und wie willst Du das machen? Pikulski starrt Hämmerle verständnislos an.

Na, ist doch quasi evident. Ich laß mich im Völkerkundemuseum einschließen. Hämmerle sieht aus, als wüßte er wie's geht. *Wie spät is denn?*

Gleich zwei.

Dann hab ich ja mindestens noch zwei Stunden Zeit um was zu spachteln. Du darfst mich einladen. Jean-Marie ist bester Laune.

Kamikaze

Am Spätnachmittag ist es in der Gerberau fast so still, daß man die Bächle rauschen hört. Nur Freiburgs zeternde Mütter versuchen, ihren Nachwuchs auf dem Spielplatz am Augustiner Museum in Schach zu halten. Jean-Marie Hämmerle hebt den Blick zum Himmel und dankt seinem Schöpfer, daß zumindest dieser Kelch bisher an ihm vorübergegangen ist, jedenfalls soweit seine Kenntnisse reichen. Um auch für die Zukunft auf Nummer Sicher zu gehen, klopft er drei Mal auf die hölzerne Tür des Natur- und Völkerkundemuseums.

Die Tür ist auf! Die Stimme des Pförtners reißt Jean-Marie aus seinen dankbaren Gedanken. Drinnen ist es angenehm still. Ein älterer Herr fixiert den späten Besucher:

Wir schließen bald.

Hämmerle nickt. *Umso besser,* denkt er und stapft Richtung Völkerkunde. Vorbei an der Garderobe und dem Pförtner, rechts ab, einige Stufen hinunter und dann links vorbei an der Aufsicht im Glaskasten. Möglichst unauffällig geht Hämmerle vorbei, soweit ein mittelgroßer 227-Pfund-Mann überhaupt unauffällig gehen kann.

Hallo! Die Stimme der Aufsicht läßt Hämmerle zusammenzucken. *Erwischt,* schießt es ihm durch den Kopf. Jean-Marie atmet tief durch und entschließt sich, den Typen hinter den Glasscheiben wenigstens anzusehen.

Ihre Zeitung, Herr!

Jean-Marie sieht sich um. Tatsächlich, sein Exemplar der

Ketzerbriefe liegt auf dem Steinboden. Für einen Moment springen ihn die Buchstaben des Titelblattes geradezu an: Herausgegeben vom Bund gegen Anpassung. Hämmerle bückt sich, greift nach der kostbaren Schrift, stopft das Heft in die Tasche seiner 501, murmelt ein *Danke* und verzieht sich Richtung Afghanistan-Ausstellung. Mit Kennerblick begutachtet er die wenigen Ausstellungsstücke. Kein Versteck in Sicht.

Zurück im Gang fällt ihm ein Chadori ins Auge. Wenn's hart auf hart kommt, erwägt Hämmerle sogar, in Frauenkleider zu steigen. Mann kann ja nie wissen. Immerhin würde ihn hinter einem Frauenschleier nicht mal Boß suchen. Nur leider, Frauen sind einfach entsetzlich dünn. Bei realistischer Betrachtungsweise hat Jean Marie kaum eine Chance, sich in dieses exotische Outfit zu zwängen. Ein Mann wie er braucht was Weites. Also zur Ostasienabteilung im ersten Stock.

Dort sieht es schon besser aus. Die Vorhänge vor den Fenstern sind angenehm groß. An einer Wand eine Puppe in voller Samurai-Rüstung. Bewaffnet mit Krummsäbel, Speer und Bogen. Dazu eine Halbmaske mit Bart und Helm. An der gegenüberliegenden Wand ein Ahnenschrein, darüber ein goldfarbener Hängealtar. Hämmerle fummelt vorsichtig am Deckel des Schreins, aber der will sich nicht bewegen.

Der ferne Osten, denkt Ex-Ethnologe Hämmerle, *die Heimat von Kamasutra und Kamikaze.* Unwillkürlich schweifen seine Gedanken ab zu Susi Scholz und ihrer präerotischen Teezeremonie. Das war Kamikaze. Kamasutra dann anschließend. Wie recht sie doch hatten, die alten Japaner. *Die Wahrheit liegt im Verzicht,* denkt Hämmerle und stößt auf.

Immer noch liegen ihm Schreibers mächtige Grünhofschnitzel schwer im Magen. Ein Gewicht, das sich auch mit mehreren Fernet nicht stemmen läßt. Plötzlich hat er das Gefühl, er werde beobachtet. Als er sich umsieht, ist der Raum leer. Erst im Gang entdeckt Jean-Marie den Grund. Ein riesiger Buddha glotzt ihn mit seinem magischen Auge an. Die ganze Weisheit des Ostens liegt in diesem Blick. *Und doch,* denkt Hämmerle, *ist das alles ganz griechisch.* Immerhin, und das hatte er seinerzeit in einer umfangreichen, doch leider nie fertiggewordenen Seminararbeit zu beweisen versucht, ist der buddhistische Glaube eine Spielart der griechischen Mythologie, direkt zurückzuführen auf die Irrfahrten des Odysseus. Schließlich war Alexander der Große damals bis nach Indien gekommen. Und, man wußte das, Alexander hatte immer die Schriften Homers dabei, und zwar unter dem Kopfkissen. So erfuhren die Inder von den einäugigen Zyklopen. Den Rest zählte Hämmerle sich an einer einzigen Hand ab.

Ich sollte die Arbeit nochmal in Angriff nehmen, brummelt er ins Doppelkinn, überzeugt, daß seine Erkenntnisse eine revolutionäre Synthese zwischen klassischer Altertumsforschung und Sinologie herbeizwingen würden. Aber man muß Prioritäten setzen. Oberste Priorität hat jetzt ein gutes Versteck für die Nacht. Die Uhr geht streng auf fünf.

Ein Stockwerk höher warten Mikronesien, Melanesien und Afrika auf ihre Entdeckung durch die Freiburger. Hämmerle stapft auf grünem Nadelfilz die Treppe hoch, vorbei an Bildern aus Australien. Links oben biegt er ab und stolpert über eine winzige Stufe direkt ins Reich von Polynesien und Mikronesien. Mit einem einzigen Blick überzeugt er sich, daß er sich hier nicht verstecken kann. Immerhin heißt es nicht umsonst Mikronesien. Auch in Melanesien rechts nebenan kein Versteck in seiner Größe. Hämmerle notiert im Hirn nur ein bettartiges Holzgestell, auf dem sich später vielleicht ein Stündchen ruhen läßt.

Im Afrikaraum sieht es auch nicht viel besser aus. Einen Moment lang spielt Jean-Marie mit dem Gedanken, sich in einem Kanu zu verbergen. Aber schon von weitem wird ihm klar, daß das Bötchen für ihn zu schmal ist.

Wir schließen jetzt, sagt eine mürrische Aufsicht im Vorbeigehen.

Hämmerle schießt der Schweiß auf die Stirn:

Ich gehe schon, murmelt er und macht kehrt. Wieder die Treppe runter, über den grünen Nadelfilz. Die extrem trockene Museumsluft macht ihm jetzt zu schaffen. Im Ostasienraum ist niemand. Kein Wärter weit und breit. Hämmerle steuert die riesigen schmutziggelben Vorhänge an. Mit einem entschlossenen Atemzug verschwindet er hinter einem der staubigen Lappen. Jetzt ganz ruhig. Jean-Marie hält die Luft an. Draußen hallen Schritte übers Parkett. Das Blut pocht ihm in den Schläfen, daß er kaum versteht, was da gesagt wird, obwohl das Museum extrem hellhörig ist. Lange geht es ohne Atmen nicht. Die Nase kitzelt zudem. Hämmerle bläst die Backen auf. Seine Hausstauballergie schlägt voll zu. Jetzt nur nicht niesen!

Im Museum macht sich Feierabendstimmung breit:

Also, e scheene Sunndig, gell.

Scho recht, Mariele.

Am Zischtig dann in alter Frische. Und treibs nit so doll.

In meim Alter, ja no.

87

Also, ade Alfred.

Ade.

Die Stimmen entfernen sich. Wochenende fürs Mariele. Alfred hat Sundigsdienscht. Für Hämmerle ist Nachtdienst angesagt.

Vom Winde verweht

In bestimmten Situationen sind Schreibers Grünhofschnitzel tödlich. In Hämmerles Eingeweiden arbeitet es. Das Rumoren nimmt inzwischen beängstigende Formen an. Jean-Marie steht in der nächtlichen Stille des Völkerkundemuseums und tritt von einem Bein aufs andere. Die feuchten Hände sind um den gespannten Leib gefaltet. Hämmerle stöhnt und stößt auf. Ein mächtiger Wind entfährt ihm. Jean-Marie atmet erleichtert auf. Doch die Entspannung hält nur kurz. Dann beginnt es mit umso größerer Macht zu grummeln. Irgendwie muß eine Lösung her. Aber wie? Den Platz verlassen, jetzt, kurz vor Mitternacht? Durch's Haus schleichen und ein offenes Klo suchen, wo jede Sekunde Boß mit seiner Voodoo-Gruppe auftauchen kann? Oder ausharren, auch auf die Gefahr hin, sich mit Geruch und Gerumpel zu verraten? Fast meint Hämmerle, es auch schon im Hirn grollen zu hören. Ein klassisches Dilemma ohne Ausweg. Keine Chance auf Dialektik. Hämmerle ringt verzweifelt um eine intellektuelle Lösung seiner Probleme. Aber die Natur und der Geist wollen nicht zusammenkommen. Stöhnend gibt er sich geschlagen.

Scheiße, quittiert er den Sieg der Materie über den Geist und poltert die Treppen hinunter ins Erdgeschoß auf die Besuchertoilette. Im Dunkeln tappt er zur Schüssel. Jetzt kann es ihm gar nicht schnell genug gehen, nachdem er sich solange gequält hat. Mit einem Donner bahnt die Natur sich ihren Weg. Jean-Marie ist schweißgebadet aber geradezu um

Zentner leichter. Langsam beruhigt sich der Atem, das Herz schlägt wieder gleichmäßig, selbst im Hirn macht sich die gewohnte Übersicht breit. Zurück im Hier und Jetzt. Hämmerle genießt den Augenblick. Als er sich ein Viertelstündchen später den Gürtel zuschnallt, hat er das Gefühl, wieder Raum gewonnen zu haben. Er tastet sich zum letzten Akt vor. Aber wie findet man auf einem fremden Klo im Dunkeln die Spültaste? Da geht das Licht an.

Scheiße, stinkt das hier!

Hämmerle erstarrt. Zum Glück hat er aus alter Schamhaftigkeit die Tür abgeschlossen.

Da hat wieder so ein Schwein nicht gespült.

Hämmerle weiß auch ohne was zu sehen, wer da spricht. Das ist Karl-Heinz "Boß" Bossen. Zu ihm gehört ein männlich starker Strahl. Daneben ein sanftes Plätschern. Das muß Stefan Eggebrecht, der Voodoo-Softie, sein.

Blöder Männlichkeitswahn, die könnten sich beim Pinkeln auch hinsetzen, denkt Hämmerle, ungeachtet seiner bekackten Situation und seiner eigenen Gewohnheiten.

Ein Glück, daß Mary uns nicht sieht. Die würde glatt verlangen, daß wir uns beim Pinkeln hinsetzen, kichert Stefan.

Hat man so was schon mal gehört, das grenzt ja an Kassrasion oder wie das heißt. So weit bringen uns die Weiber noch. Boß lacht dreckig auf. *Da fällt mir so eine Geschichte ein von einer...*

Kannst Du mir die Geschichte nicht draußen erzählen, unterbricht Stefan, *ich halt den Gestank hier nicht mehr aus. Die armen Putzfrauen.*

Du kannst ihnen ja helfen, stichelt Boß. *Tu mal was für die Werktätigen, schließlich regst Du Dich doch sonst auch immer auf, wenn die Lohnknechte den Dreck der Kapitalisten wegmachen müssen.*

Mit dieser Bemerkung hat Boß ins Schwarze getroffen. Zu seinem Entsetzen hört Hämmerle, wie sich die Tür zu einer seiner Nachbarzellen öffnet.

Hier ist nichts.

Fast instinktiv und beinahe lautlos klettert Hämmerle auf den Rand der Kloschüssel. Zum Glück hält sie. Er stützt sich mit beiden Armen an den Wänden ab. Jetzt nur nicht abrutschen. Sonst sitzt er wirklich in der Scheiße.

Hier ist auch nichts. Stefans Stimme kommt immer näher. *Aber hier muß es irgendwo sein. Das stinkt vielleicht, unglaublich, der Typ muß von innen heraus verfault gewesen sein.*

Wie in Zeitlupe senkt sich die Klinke von Hämmerles Klotür. Stefan rappelt an der Tür:

Hier ist zu. Das hab ich mir gleich gedacht. Muß ein Rohrbruch sein oder sowas. Das kann kein einzelner Mensch produzieren.

Boß lacht:

Du kannst ja oben drüber klettern, wenn Du willst. Jetzt komm schon, ich hab keine Lust, die ganze Nacht hier zu verbringen. Du kannst ja morgen früh zum Putzen antreten.

Erst als die Tür ins Schloß fällt, wagt Hämmerle wieder zu atmen. Seine Stirnadern sind kurz vorm Platzen.

So eine Sauerei, zischt er und steigt vom Beckenrand. *Von innen raus verfault.* Er ballt die Fäuste: *Wenn hier was stinkt, dann seid Ihr das.*

Zwei Stockwerke höher sind die Vorbereitungen für die

Schwarze Messe in vollem Gange. Auf leisen Sohlen tappt Hämmerle unbemerkt am großen Melanesienraum vorbei und huscht nach rechts in den Afrikaraum. Von einer Glasvitrine herunter grinst ihn die Maske eines Medizinmannes an. Das Ding ist brauchbar. Ein Schild hängt griffbereit daneben. Die Speere gibt's im Flur. Jean-Marie macht sich ans Werk.

Im großen Melanesienraum brennen inzwischen die schwarzen Kerzen. Mary klappt den Ikea-Klapptisch aus und legt die schwarze Decke drüber. Stefan malt Drudenfüße aufs Parkett. Boß steht wichtig in der Ecke und gibt Anweisungen:
Stell den Tisch nicht so nah ans Fenster oder willst Du die ganze Nachbarschaft hier haben? Mit einer knappen Kopfbewegung deutet er auf einen Sack. Stefans Stimme überschlägt sich:
Ich faß das Ding nicht an. Ich muß noch Drudenfüße malen. Wortlos schnappt Mary sich das Bündel, das plötzlich anfängt zu zucken. Boß greift sich den Sixpack Underberg und marschiert Richtung Flur. Sofort ist Stefan hinten dran.
Während die beiden auf dem Gang den ersten Magenbitter kippen, gackert es aus dem provisorischen Zeremonienraum.
Schon wieder ein Huhn. Boß schraubt das nächste Underbergfläschen auf.

Um die Ecke im Afrikaraum zieht Hämmerle die Maske fester ins Gesicht. Sein mächtiges Doppelkinn verschwindet hinter einem Fusselbart. Er greift sich das Schild. Paßt. Jean-Marie ist selbst erstaunt. Immerhin wird er fast vollständig von dem ledernen Monstrum verdeckt. Kunta Kinte. Ein Krieger aus unvordenklichen Zeiten, als die Männer noch Schwänze hatten. So würde ihn noch nicht mal Susi Scholz erkennen. Von seiner Mutti ganz zu schweigen. Jetzt nur noch den Speer und dann auf den Kriegspfad.

Im Melanesienraum hat das Gackern aufgehört. Aus einem Kassettenrekorder quäkt Nirvana. Mit dem Blut des Opferhuhns malt Mary den Herren rituelle Zeichen auf die Stirn. Jedesmal, wenn sie ein neues Zeichen gemalt hat, wirft sie eine handvoll frischgerupfter Federn in die Luft und murmelt Beschwörendes. Wie in Trance macht Boß ein paar Tangoschritte und ruft das Große Tier an:
Oh, Großes Tier, wie bist Du groß.
Mary und Stefan antworten im Chor:
So groß, so groß, so riesig groß.
Oh großes Tier, oh mach uns groß.
So groß, so groß, so riesig groß.
Oh großes Tier, oh mach uns reich.
So reich, so reich, so riesig reich.
Oh großes Tier, oh gib uns Macht.
So Macht, so Macht, so riesig Macht.
Plötzlich hält Boß inne und stürzt auf die Knie. Zerquält rauft er sich das Haar. Seine Stimme ist heiser:
Oh Großes Tier, oh mach die Kleingläubigen hier zu großen Gläubigern an Deiner Sache. Gib, daß sie den Zweifel an Deiner Größe aus ihren verdorbenen Seelen fahren lassen. Mach sie zu folgsamen Dienern Deiner Kraft. Laß sie arbeiten, laß sie die Grenzen überschreiten, laß sie ihre kleinbürgerlichen Ängste loswerden, daß sie endlich zu Dir heim ins

Reich gelangen. Boß zuckt am ganzen Körper.

Jetzt spricht das Große Tier aus ihm, flüstert Stefan ergriffen.

Mary krallt sich in sein T-Shirt. Als Boß wieder zu sprechen beginnt, kommt seine Stimme aus einer anderen Welt. Zuerst ist es nur ein dumpfes Ächzen, das in eine Art Stöhnen übergeht. Und dann hören Stefan und Mary es ganz deutlich.

Ihr seid unwert, Ihr seid Scheiße. Ihr wart als Kinder schon Scheiße. Ihr seid Nichts und dreimal Nichts. Ihr seid es nicht wert, daß ich zu Euch spreche. Ihr zittert und zagt vor den weltlichen Mächten. Ihr scheißt Euch in die Hosen vor Angst. Ihr jammert, wenn es darum geht, Geld zu besorgen. Ihr seid zu dumm, eine Tankstelle zu überfallen. Ihr versucht es und versucht es, aber Ihr gehorcht meinen Befehlen nicht. Dreihunderteinundsiebzig Mark vierzig bei vier Überfällen. Lächerlich! Ich aber habe Euch gesagt, besorgt mir Geld, Geld, viel Geld und noch mehr Geld. Geld regiert die Welt. Money makes the world go around. It's money that matters. Ich rede von Geld. Nicht von peanuts. Mit dreihunderteinundsiebzig Mark vierzig wische ich mir nicht mal den Arsch, hört Ihr!

Mit einem Röcheln bricht Boß auf dem Parkett zusammen. Auch Mary und Stefan sind schwer angeschlagen. Vorsichtig gehen sie auf Boß zu. Mary kniet neben ihm:

Boß, Boß. Frag Ihn, was wir tun sollen. Wir wollen alles tun.

Alles, genau, bekräftigt Stefan mit weinerlicher Stimme.

Da bäumt sich der Körper von Karl-Heinz Bossen am Boden wieder auf. Seine Arme rudern wie Windmühlenflügel. Und wieder spricht das Große Tier:

Ihr sollt keine anderen Götter neben mir haben. Ihr sollt mir Geld besorgen. Ihr seid meine Sklaven, Ihr gehört mir. Ich bin das Große Tier, der Unaussprechliche. Ich aber sage Euch: Gehet hin und überfallt die Tankstellen. Nicht eine, sage ich. Nicht zwei, sage ich. Nicht drei oder vier. Nicht zehn, ach was, ich sage auch nicht hundert, tausend, ich sage AAAALLLLLEEEE.

Für einen Augenblick herrscht Totenstille. Dann ist die Stimme wieder da, fast sanft jetzt:

Aber ich liebe Euch, Ihr seid meine Geschöpfe. Die Kinder der Nacht, die Oberschicht der Unterwelt, die Auserlesenen der Hölle, die Fürsten der Finsternis. Auserwählt aus all den Kretins. Und weil ich Euch so liebe, will ich Euch in dieser Nacht nur eine einzige Aufgabe stellen. Überfallt die Breisgau-Perle an der A5. Noch diese Nacht und vor fünf Uhr, dann wird nämlich die Kasse geleert.

Noch diese Nacht? fragt Mary.

Noch diese Nacht!

Aber meine Mutter ist zu Besuch.

Da ächzt und stöhnt es aus Boß heraus:

Ich bin Deine Mutter, ich bin Dein Vater, ich bin Dein alles. Und mir gehorchst Du, mir allein.

Mary nickt. Boß sackt zusammen wie ein Sack Sülze.

Das ist der Moment für Jean-Marie. Schon eine ganze Weile hat er die Szenerie mit klopfendem Ethnologenherz beobachtet. So muß Feldforschung sein. Pure Empirie. Wozu die Leute alles fähig sind. Autoritätshörigkeit, die Wurzel des Faschismus in Reinkultur. Hat schon Adorno gesagt. Jetzt hält es ihn nicht mehr hinter dem Türrahmen. Mit einem Schrei, der irgendwie nach "Rhabarber" klingt, begleitet von einem letzten Verdauungsgeräusch, stürzt er in den großen Melanesienraum. Das Schwarze-Messe-Trio ist starr vor Entsetzen. Der Anblick ist fürchterlich, fürchterlicher als alles, was sie bisher bei ihren Anbetungen erlebt haben. Eine Gestalt, die ihnen den Atem nimmt, walzt auf sie zu. Riesig, bedrohlich, monströs, mit Schild und Speer bewaffnet. Der Kopf läuft spitz zu. Um das Kinn winden sich jahrhundertealte Spinnweben. Ein pestilenzartiger Gestank geht von dem Wesen aus. Hämmerle hüstelt:

Ich bin der Fürst der Finsternis. Wer wagt es hier, in meinem Namen zu sprechen? Jean-Marie hatte reichlich Zeit gehabt, sich diese Sätze zu überlegen. Jetzt muß er eine Pause einlegen. Aber sie wirkt.

Mein Gott, stammelt Boß.

Gott? Was glaubst Du, wen Du hier vor Dir hast, Du Ratte. Jean-Marie kriegt Oberwasser. *Wie kannst Du es wagen, diesen Namen in meiner Gegenwart auszusprechen! Willst Du mich beleidigen, oder was? Ich bin's, äh, das Große Tier. Euer Zirkus hier ist erbärmlich. Ich sehe mir das nun schon geraume Zeit an. Aber Ihr Idioten seid ja nicht mal fähig, Tankstellen zu überfallen. Das einzige was Ihr könnt, ist Katzen an fremde Türen nageln und damit unsere gemeinsame Sache gefährden.*

Boß stutzt:

Katzen annageln? Was soll das denn? Sag mal, Mary, machst Du etwa Überstunden?

Ich? Marys Stimme klingt weinerlich. *Ich würde nie etwas tun, was unsere gemeinsame Sache gefährdet. Bei allem was mir heilig ist.*

Ich auch nicht, beeilt sich Stefan. *Ich schwöre. Ich habe noch nie eine Katze angefaßt. Ich bin allergisch gegen Katzen.*

Ja, also, wenn das so ist... Hämmerle gerät ins Schwimmen. *Also Ihr seid sicher, Ihr habt keine Katze...*

Nie, nie, versichern Stefan und Mary im Chor.

Und was ist mit Dir? Hämmerle deutet ehrfurchtheischend mit dem Speer auf Boß.

So wahr Du aus mir sprichst, Erhabener, ich habe das nie getan.

Hämmerle ist mit seiner Weisheit endgültig am Ende. Langsam geht er rückwärts in Richtung Ausgang. Das Trio behält er dabei im Auge. Was er nicht sieht, sind die Stufen vor der Tür. Ein Knall und der Erhabene liegt am Boden. Speer und Schild daneben. Die Maske gibt sein Doppelkinn frei.

Die Qualle! schreit Boß. *Das ist diese Scheißqualle!* Mit einem Satz ist er bei Hämmerle und stürzt sich auf ihn. Mary kreischt. Auch Stefan hat sich schnell von seinem Schrecken erholt. Die beiden haben zwar keine Ahnung, wer die Qualle ist, aber soviel ist ihnen jetzt auch klar, der Unaussprechliche ist es nicht. Wie eine Trophäe hält Boß die Maske in der Hand, die er Jean-Marie vom Gesicht gerissen hat:

Hämmerle, Du Arsch. Das wirst Du büßen! Boß ballt die Fäuste. *Dich mach ich fertig. Und wenn es das letzte ist, was ich in meinem Leben tue. Deine eigene Mutter wird Dich nicht mehr erkennen, wenn ich mit Dir fertig bin.*

Jean-Marie schließt die Augen und geht in die innere Emigration, entschlossen, das Unausweichliche in Würde über sich ergehen zu lassen.

Schwester Susi

Drei Stunden später hat Hämmerle die Augen immer noch geschlossen. Heißer Atem schlägt ihm ins Gesicht. Er liegt auf dem Boden und kann sich nicht rühren. Jeder einzelne Knochen ist mit Sicherheit gebrochen. Seine Zunge fühlt sich an wie ein gebrauchter Scheuerlappen. Nur viel dicker. Im Hirn Blitz und Donner. Im Magen Revolution und Sodbrennen ohne Ende. So muß die Hölle sein. Vor Hämmerles geschwollenem inneren Auge läuft ein Film ab. Karlo an der Tür, angenagelt. Kopfs Büro. Carmens heißer Kaffee. Die Schatulle im Katzenfell. Der Stein im Fenster. Konspiratives im Colombi. Dieters Nagelpuppe. Ein fürchterlicher Anschiß im Kolben-Café. Ein riesiger einäugiger Buddha, der ihn von einer Klobrille runter angrinst. Und immer wieder Boß. Bedrohlich, mit gigantischen Fäusten. Boß, der keinen Spaß versteht. Boß, der keine Gnade kennt. Boß, der Übersinnliche, der einen Sixpack Underberg leert, ohne daß ihm schlecht wird. Dazwischen Susi in lila Leggins, mit Tarotkarten in der Hand, den widerlichen Geschmack von Jasmintee auf den Lippen.

Trink erst mal einen Schluck Jasmintee, das wird Dir guttun.
Susi ist in ihrem Element. Seit Hämmerle vor einer guten Stunde von einem Taxifahrerkollegen bei ihr abgeliefert wurde, der ihren Lover aus dem Bächle am Adelhauser Platz gefischt hatte, ist sie ganz Frau und Krankenschwester. Zum Glück hat Jean-Marie nicht alles so genau mitgekriegt. Susi hat ihm die Wunden ausgewaschen und ihn in eine ihrer

dehnbaren lila Leggins und in ein zartgrünes T-Shirt ge-
stopft. Der Kopfverband ist professionell und gibt Hämmerle fast etwas Verwegenes. Der Errol Flynn des Völkerkundemuseums, der Rächer der Gerechten, Mütter und Waisen. Er
sieht schon wieder richtig gut aus, findet Susi. Auf das obli-
gate Schnitzel auf Hämmerles blaugeschlagene Augen hat sie
verzichtet. Immerhin führt sie einen vegetarischen Haushalt.
Jetzt liegt Jean-Marie in der stabilen Seitenlage auf dem Flokati und wimmert vor sich hin. So liebt Susi die Männer.
Nur gegen die Riesenbeule am Kopf muß noch etwas getan
werden. Susi hantiert mit einem Eisbeutel. Hämmerle ist
schlagartig wach. Die Erkenntnis kommt wie die Faust von
Boß. Das hier ist nicht die Hölle, das ist viel schlimmer. Das
ist bei Susi Scholz im Wohnzimmer. Und es ist saukalt auf
dem Kopf. Hämmerle schießt hoch und reißt die Augen auf.
Entgeistert starrt er an sich herunter:
*Scheiße, wie sehe ich denn aus! Reicht es denn immer noch
nicht, was ich schon alles mitgemacht habe? Erst werde ich
quasi geteert und gefedert und jetzt sehe ich auch noch aus
wie ein Vollidiot.*
Susi hat keine Ahnung, wovon Hämmerle redet:
Ich weiß gar nicht, wovon Du redest, Jean-Marie...
Wovon ich rede, Du Schnepfe? Hämmerle ist die Empörung
persönlich. *Ich rede von diesen lila Strumpfhosen, diesen
Weibersachen, und dem grünen Dings hier. Willst Du mich
verarschen, oder was? Ich bin doch kein Clown.* Hämmerle
feuert den Eisbeutel quer durchs Zimmer, sauer wie er ist,
wachsen im plötzlich Kräfte zu, die er vor einigen Stunden
besser hätte brauchen können. Susi wird leicht stinkig:
Du, ich versteh Dich jetzt echt nicht. Also Du, ich find das

nicht okay, wie Du dich benimmst. Du kommst daher, völlig fertig und so, jammerst rum und blutest meinen Flokati voll. Und jetzt spielst Du Dich dumm auf. Also echt, das find ich überhaupt nicht gut.

Die Platte kennt Hämmerle. Die Weiber sind doch alle gleich. Da ist man mal für einen Moment hilflos, und schon machen sie einen zum Affen. Er in lila Strumpfhosen wie Robin Hood. Gut, daß Dieter ihn so nicht sieht. Und dieses T-Shirtdings. So würde ihn seine Mutter wirklich nicht erkennen. Dunkel erinnert sich Hämmerle, daß ihm das jemand angedroht hatte. Aber wer hätte gedacht, daß sich das auf diese Weise bewahrheiten würde. Jean-Marie Hämmerle, studierter Taxifahrer als schwuler Held des Sherwood-Forest. In den Krallen einer erbarmungslosen Florence Nightingale. Die hat ihn wieder sanft nach unten gedrückt und greift zum Krankenschwesterton:

Wir sind aber schlecht gelaunt, Herr Hämmerle. Wir wollen doch ganz schnell wieder gesund werden, oder? Bei den letzten Worten hat Susis Stimme plötzlich einen zarten Schmelz bekommen. Ihr Mund wird spitz und nähert sich Hämmerles aufgesprungenen Lippen. Nicht auch noch das, denkt Jean-Marie:

Was heißt hier wir, hat man Dich etwa auch zusammengeschlagen? Hämmerle triumphiert. Das wollte er schon immer mal einer Krankenschwester sagen. Und mehr noch. Aber zu spät. Susis Lippen verschließen ihm den Mund. Hämmerle würgt an ihrer Zunge.

Mein armes, armes Schäfchen, keucht Susi nach ihrem Dauerbrenner. *Was haben sie nur mit Dir gemacht? Hoffentlich haben sie nicht alles an Dir so kaputt gemacht.* Susi kichert lüstern. An sich sind Hämmerle sexuell gefügige Frauen nicht unangenehm. Aber der erste Schritt muß schon von ihm ausgehen. Wo käme man sonst hin! Im Augenblick steht ihm nicht mal der Sinn nach Sex. Bei Susi ist das anders. Als Krankenschwester ist ihr nichts Menschliches fremd:

Du, Jean-Marie, das wollt ich schon lange mal mit Dir, hier so auf dem Flokati...

Hämmerle schließt die Augen und schickt ein Stoßgebet wie lang nicht mehr in Richtung Zimmerdecke. Alles, nur das nicht. Aber wie entkommen? Da fällt ihm der arme Martin ein. Ein Geschenk des Himmels. Martin, der immer nur reden wollte:

Weißt Du, Susi, ich hätte Dir ja so viel zu sagen, ich würde so gern mit Dir nur mal reden. Das hat mir neulich so viel gebracht. Unser Gespräch im Litfass, weißt Du noch? Seine Stimme wird schwächer. Seine Augen blicken ins Leere, wie in vergangene Zeiten. Bei soviel Zärtlichkeit fehlen Susi die Worte. Gerührt streicht sie Hämmerle über den Kopfverband. Jetzt hat er sich was eingebrockt. Jetzt muß er reden. Und Hämmerle redet um seine Unschuld wie um sein Leben:

Du weißt doch damals, nach dem Tee, also nach dem, was nach dem Tee kam?

Ja, haucht Susi, *ja, Jean-Marie.*

Also quasi danach, da hab ich Dir doch erzählt, daß ich in einen schwierigen Fall verwickelt bin. Und daß ich nicht drüber reden kann. Also, ich mein, Du darfst auf gar keinen Fall mit niemand drüber reden, was ich Dir jetzt sage, aber ich weiß ja nicht, wie lang ich's noch mache. Hämmerles

Stimme bricht schier vor Selbstmitleid. *Du siehst ja, wie gefährlich die Sache ist. Und ich will nicht, daß Du da auch noch mit reingezogen wirst. Versprichst Du mir das?*

Das versprech ich Dir. Auch Susis Stimme ist heiser. Sie besiegelt den Pakt mit einem ebenso zarten wie langen Kuß. Hämmerle schluckt seinen Ärger runter:

Gut. Also es geht um eine Riesensache. Da sollen ganze Stadtviertel abgerissen werden. Und Dieter und ich sind der ganzen Schweinerei auf die Spur gekommen. Ein Milliardending, sag ich Dir. Ein Riesendeal. Die pflügen quasi die Altstadt um und wollen sie wieder neu aufbauen. So schickimickimäßig, was keiner zahlen kann. Und Dieters Bude soll als erste drankommen. Entmietung und so, kennt man ja, die arbeiten mit allen Methoden. Das fängt ganz harmlos an. Erst haben sie Dieter die Miete erhöht und letzten Winter sogar die Heizung abgestellt...

Also, daß mir Dieter leid tut, kann ich nicht unbedingt behaupten. Susis Stimme wird spitz.

Das ist noch lang nicht alles. Außerdem geht's nicht um Dieter direkt. Es geht um viel mehr, es geht quasi ums Prinzip. Hier wird doch eine gewachsene Stadtlandschaft zerstört. Mit allen Mitteln. Profit ist alles, was zählt. Ein Wunder, daß die die Finger vom Münster lassen. Wäre ja erstklassiges Bauland da. Manhattan auf dem Münsterplatz. Die Kajo als Broadway. Und aus der Fischerau wird St. Pauli, wenn Du verstehst, was ich meine.

Susi nickt.

Also auf jeden Fall sind die hinter Dieters Bude her, macht Hämmerle weiter. *Wir, also Dieter und ich, waren eine zeitlang auf einer falschen Fährte. Wir haben geglaubt, Boß*

102

steckt dahinter. Der hat so 'ne Voodoo-Macke...

Boß? Wer ist denn das?

Das ist so'n Kumpel von Dieter. So ein Irrer mit ganz abnormen Religionspraktiken und so. Ist aber alles nur Schau. Heute nacht jedenfalls hab ich die Bande tüchtig auseinander genommen.

Das sehe ich.

Hämmerle übergeht die spitze Bemerkung souverän:

Also die waren's jedenfalls nicht.

Was waren die nicht?

Na die, die den Stein ins Belle geschmissen haben. Die Dieters Autoreifen zerstochen haben. Und die seinen Kater an die Tür genagelt haben. Du glaubst es nicht, aber Dieter war völlig fertig. Würde man ihm gar nicht zutrauen. Er hat sogar geheult. Was Schlimmeres hätten ihm diese Immobilienhaie gar nicht antun können.

Susi kichert:

Das ist ja 'n Ding. Daß Dieter so einen Aufstand macht, hätte ich nun nicht gedacht. Daß aber auch ausgerechnet der blöde Karlo dran glauben muß. Und dann noch seine Karre mit den lächerlichen Reifen. Das kann ich mir so richtig vorstellen, wie er ausgeflippt ist. Da haben sie ja mitten ins Schwarze getroffen. So ein Volltreffer aber auch.

Den letzten Satz bekommt Hämmerle schon nicht mehr mit. Auch nicht Susis gehässiges Lachen. Auf dem weichen Flokati dämmert er seiner Genesung entgegen.

Freiburg-Blues

Im Belle Epoque ist alles beim alten. Ein großes Pflaster auf Hämmerles Stirn ist das einzige sichtbare Überbleibsel der vergangenen Nacht. Die Narben auf der Seele sieht man nicht. Hämmerle kommt ins Grübeln. Da können einem bei lebendigem Leibe die Gedärme rausgerissen werden, und die Welt nimmt noch nicht mal Notiz davon. Man kämpft und streitet für seine Ideale und was ist der Dank? Nichts, nada. Das Schicksal aller großen Männer. Napoleon, Humphrey Bogart, Don Quichotte. Ein ewiger Kampf gegen Ignoranten und Windmühlenflügel. Und wo bleibt man selbst? Am Tresen einer zweitklassigen Nachtbar, den Tod auch nach 24 Stunden immer noch im Auge, links liegen gelassen von seinem besten Freund, dessen ganzes Glück im Mixen von drittklassigen Cocktails und im Anbaggern viertklassiger Weiber besteht. That's blues.

Komm, jetzt häng nicht so rum, Du lebst ja noch. Dieter Pikulski hat gerade eine Sekunde Zeit und schenkt nach.

Ich glaube, Du vergißt, für wen ich das alles getan habe. Aber Undank ist bekanntlich der Welten Lohn. Und Du, Dieter, Du machst da keine Ausnahme.

Hab ich Dich vielleicht in dieses blöde Museum geschickt, oder was ist hier los, Mann? Pikulski läßt seinem Ärger freien Lauf. *Du kannst mich doch nicht dafür verantwortlich machen, wenn Boß Dir die Fresse poliert. Ich weiß gar nicht, wie ich dem jemals wieder unter die Augen treten soll nach Deiner Schmierenkomödie. Und wo wir gerade bei Undank* sind: *Soll ich Dir mal Deinen Deckel zeigen?*

Hämmerle winkt schwach ab. Lieber nicht. Dieser Deckel würde ihm wahrscheinlich den Rest geben. Aber noch ist er nicht geschlagen:

Boß, ich glaub ich hör nicht recht. Wer ist hier Dein bester Freund, Boß oder ich? Hast Du alles vergessen? Wer hat Dir denn immer die Hausaufgaben gemacht? Boß vielleicht? Wer hat damals den Arsch hingehalten, als der durchgedrehte Gatte von Petra bei Dir aufgetaucht ist? Boß? Die Prügel hab ich kassiert, nur weil ich zufällig bei Dir in der Wohnung war. Und, hab ich dem Typen etwa gesagt, daß er den Falschen verdroschen hat? Aber so was vergißt der Herr Pikulski ja. Der Herr Pikulski hat wichtigere Freunde. Und vor denen hat der Herr Pikulski dann auch noch Schiß.

Auch diese Platte kennt Dieter. Hämmerle legt sie mindestens ein Mal im Monat auf. Meistens genügen ein paar Drinks auf Kosten des Hauses, um Jean-Marie zum Schweigen zu bringen. Aber heute nicht. Er ist in Fahrt:

Und überhaupt, lieber Dieter, eins kannst Du Dir merken: Wenn Du in meiner Gegenwart noch ein einziges Mal den Namen "Boß" erwähnst, dann ist aber endgültig Schluß.

Also das mit Karlo war Bo.. äh, er jedenfalls nicht, das steht ja wohl fest.

Bevor Hämmerle die nächste seiner Bluesplatten auflegt, wischt Dieter lieber das andere Ende der Theke ab. Während Jean-Marie ihn dabei beobachtet, grübelt er den Fall nochmal durch. So viel jedenfalls steht tatsächlich fest: Karlo ist nicht das Opfer eines Voodoo-Attentats geworden. Der Kreis der Verdächtigen ist damit von zwei auf eins geschrumpft. In Hämmerles Hirn blinkt eine rote Leuchtschrift: KOPF. Kopf und kein anderer. Kopf, der Immobilienhai und Katzenkiller. Karlo, gefallen im Häuserkampf. Ein Märtyrer für das gute alte Freiburg, als die Männer noch alemannisch sprachen und in der alten Harmonie ihr Ganter tranken. Als die Breisgau-Metropole noch von Frauen mit Bollenhüten bevölkert war und nicht von winzigen japanischen Touristinnen. Als man auf der Kajo noch radeln durfte. Als die VAG-Fahrt und die Halbe im Karpfen noch eine Mark kosteten. Und als das Dreisameck noch das libidinöse Zentrum einer durch Radio Vert Fessenheim beschallten Oase im Süden der Republik war. Ach, ach und abermals ach. Dahin, dahin. Freiburg my friend is blowing in the wind. Verstohlen wischt sich Hämmerle eine Träne aus dem Augenwinkel. Für all das stand Karlo. Für all das starb er. Und nun? Kopf. Kopf der Sieger. Kopf, der mit den Großen der Stadt auf Du und Du im Colombi bei Deutz und Geldermann seine miesen Geschäfte anleiert. Überhaupt: Leier. Wie Nero. Auch Kopf wird wahrscheinlich seine Anlage mit den Fischer-Chören volle Pulle aufdrehen, wenn Freiburgs Innenstadt in Flammen steht. Erst alles anzünden, und dann, wie damals Rom, alles neu aufbauen. Chic, teuer und subventioniert. Wer sollte in dieser Stadt dann noch wohnen? Wer sollte diese Mieten zahlen? Die freundlichen Alemannen aus der alten Harmonie und die Frauen mit den Bollenhüten vielleicht? Oder japanische Großinvestoren? Die einen dazu zwingen, rund um die Uhr zu arbeiten und uns dann noch nicht mal Urlaub nehmen lassen? Am Ende dieser Japan-Connection stände wahrscheinlich Kopf-San als neuer Arbeitgeberpräsident und Vorstandsvorsitzender der Regio-Gesellschaft. Dann würden die Gewerkschaften abgeschafft, die Sieben-Tage-Woche eingeführt, die Tarifverträge eingestampft. Und Deutschland wäre endgültig das, was die Regierung Kohl schon lange aus ihm machen will: Ein Billiglohnland. Und alles begann einmal in Freiburg. Da, wo mal jeder zweite Deutsche wohnen wollte. Da, wo die gearbeitet haben, die nicht Urlaub machen wollten oder so. Und nur zwei haben sich dagegen gewehrt. Ein Kater und ein Mann namens Jean-Marie Hämmerle. Der Kater ist tot.

Während Jean-Marie allein und sogar von seinem besten Freund ignoriert in seinem Weltschmerz badet, ist der so-gut-wie-Ex-beste-Freund bereits mit einem potentiellen Hämmerle-Ersatz in ein offensichtlich bedeutsames Gespräch vertieft. Die beiden Herren reden leise und nicken wichtig. Der Unbekannte sieht ziemlich ramponiert aus. Hämmerle schnaubt verächtlich. Wahrscheinlich irgendwelche Weibergeschichten. Und er versucht, die alte Welt zusammenzuhalten. Zusammenhanglose Worte dringen an seine heimlich gespitzten Ohrwascheln:
... hängt der da. Ich dachte, ich würde nie wieder...
... verstehen... Welt zusammengebrochen...
... echt schlimm, Du... das Omen...
... Äh...
... genau...
Hämmerle rückt unauffällig etwas näher. In solchen Fällen stellt man sich am besten dumm:
Herr Ober, nochmal dasselbe, bitte!
Pikulski ist sichtbar aufgeregt:
Eh, Jean-Marie, das mußt Du Dir anhören.

Hämmerle hüstelt geziert:

Ich möchte mich auf keinen Fall aufdrängen, wenn Du mit Deinem Freund...

Quatsch, zischelt Pikulski. *Das ist doch der Jürgen. Du weißt doch, dieser Strebertyp, das Diplom in Psychologie nach acht Semestern. Der jetzt die Praxis von seinem Alten in der Bertoldstraße hat. Den mußt Du kennen, den kennt doch jede. Ich war mal mit ihm 'ne Woche segeln in Südfrankreich.*

Auch das noch. Hämmerles nach oben offene Eifersuchtsskala steigt um ein paar weitere Punkte. Zuerst haut einen der so-gut-wie-Ex-beste-Freund in die Pfanne. Und jetzt taucht auch noch dieser Jürgen auf. Typen wie ihn hat Jean-Marie gefressen. Sonnenbankbraun, ein Segelboot, Cabrio, Mikrowelle und erfolgreich. Oder das, was man dafür hält.

... Und jetzt, stell Dir vor, macht Pikulski weiter, *erzählt der doch, daß, ich trau's mich kaum zu sagen, also Du glaubst es echt nicht, aber, also, seine Katze hat das Zeitliche gesegnet. Genau wie Karlo.*

Du meinst doch nicht... Du willst doch nicht sagen... Hämmerle ist schlagartig wieder vorn.

Dochdoch, genau wie Karlo. Drei Nägel für vier Pfoten. Pikulski haucht die schwerwiegenden Sätze fast.

Ich kann Dir sagen, ich mußte total kotzen, bolzt Jürgen durchs Belle, daß die gesammelte Kundschaft aufhorcht.

Paß auf Jürgen, sonst meinen die noch, Du redest von Dieters Drinks. Diese kleine Retourkutsche kann Jean-Marie sich nicht verkneifen. Dieter dreht sich zu Jürgen:

Hast Du einen Verdacht? fragt Dieter.

Wahrscheinlich irgend einer von meinen total durchgeknall-

ten Klienten. Anders kann ich mir das nicht erklären.

Also, ich hab da ja meine Theorie. Hämmerle trumpft auf. *Da steckt viel mehr dahinter. Das ist quasi eine konzertierte Aktion der Freiburger Immobilienmafia. Und zwar mindestens. Und dann werden wir von den Japanern übernommen. Schließlich wohnst Du in der Innenstadt.*

Jürgen schaut Dieter etwas hilflos an:

Was hat denn der?

Dem geht's heut nicht so gut.

Dieser Satz von Dieter war genau ein Satz zu viel für Hämmerle:

Ich bin doch keiner von Jürgens Klienten. Ich bin doch überhaupt noch der einzige, der hier durchblickt. Aber von mir aus könnt ihr Euern Scheiß alleine machen. Ich hab für heute die Nase gestrichen voll. Mit einem letzten beleidigten Blick auf Dieter wälzt sich Hämmerle vom Barhocker. Und dann haut er Pikulski einen wirklich allerletzten Satz um die Ohren:

Morgen zahl ich meinen Deckel!

Die letzten Gäste haben das Belle schon vor einer Weile verlassen. Jürgen und Dieter haben es sich an der Theke gemütlich gemacht. Ihre Drinks nehmen sie inzwischen direkt aus der Flasche. Dieter schwärmt was von Karlo vor:

Der hat was weggevögelt, Mann. Da ist unsereins ein Dreck dagegen.

Nana. Also ich sag Dir, ich krieg jede rum. Ich hab ja nicht umsonst Pschychologie studiert. Da weißt Du, was die Weiber dingsda, äh, wollen. Bißchen rumsülzen, paar Komplimente, der Rest ist Routine.

109

Genau, Mann. Auch als Barmixer kennt man sich aus. Die Theke und die Couch sind im Grunde ein Möbel. Aber Dieter hat noch andere Tricks auf Lager:

Und mit einem Schatz wie Karlo war das Ganze ein Kinderspiel. Mit dem hab ich regelrecht zusammengearbeitet. Der war ein echter Eisbrecher. Der hat sie alle weichgeschnurrt. Hat sich den Mädels auf den Schoß gekuschelt und schon waren sie hin und weg. Und wenn ich dann noch gesagt habe, daß er das bisher noch bei keiner gemacht hat, dann war die Sache geritzt. Nur einmal ist die Chose nach hinten losgegangen. Da hatte ich mal so 'ne Tante angebaggert, die konnte Katzen nicht leiden. Hab ich zu spät gemerkt. Da mußte ich echt Angst um Karlo haben. Die hat die Katze regelrecht zur Sau gemacht, wenn ich nicht aufgepaßt habe.

Und was hast Du dann gemacht?

Na die Tante abgeschafft, oder hätte ich etwa die Katze rausschmeißen sollen? Die beiden Herren lachen herzhaft.

So 'ne Geschichte hatte ich auch mal, erinnert sich Jürgen. *Zuerst habe ich gedacht, die hat nur 'ne Katzenallergie. Hatte die aber nicht. Die hatte schlicht 'n Eisen an der Waffel. Frühkindliche Störungen und so. Katze als Symbol für Sexualität. Verdrängte Traumatas* (sic!). *Kennt man ja aus der Praxis. Dabei war sie sonst eigentlich ganz willig. Und der Apfelkuchen von ihrer Mutter war einsame Spitze.*

Pikulski wischt die letzten Schnapstropfen von den Armaturen an der Theke und grinst:

Das kenn ich nur zu gut.

Tote Vögel singen nicht

Drei Wochen später ist alles wieder wie früher. Hämmerle und Pikulski haben sich wieder vertragen, Männerfreundschaften sind eben zäh. Die Abende spannen ihre Bögen zwischen dem Litfass und dem Belle Epoque. Das Leben ist wie das Taxifahren. Da ist einer in Hämmerles Wagen gestiegen, man ist ein Stück zusammen gefahren, und nun steht Jean-Marie wieder am Bahnhof und wartet. Ein großes Gleichnis für das Leben. Auch wenn Jean-Marie genauer genommen wieder mal an der Theke des Belle Epoque steht und auf einen Pikulski-Spezial mit extra viel Tequila wartet. Es hat sich wirklich nichts verändert. Oder doch? Wie sagen Hämmerle und Heraklit immer? Alles fließt. Ein ewiger Kreislauf, dann und wann unterbrochen von Frauenbekanntschaften, die sich aber rasch wieder verflüchtigen. Schall und Rauch, Dein Name sei Weib. Jaja, soso und überhaupt. Das Rad des Lebens dreht sich immerfort und immer weiter. Das schmerzt, und oft verheilen die Narben nur mühsam. Aber die Zeit heilt alle Wunden. Oder, wie es Jean-Maries elsässische Großmutter mit Schillers Wallenstein immer zu sagen pflegte: Die Zeit ist dem Menschen ein Engel. Während Hämmerle gedankenschwer an seinem Drink nippt, strömen draußen in der Grünwälderstraße die Menschen zur Spätvorstellung in die Harmonie. Jean-Marie deutet mit dem Daumen über die Schulter:

Schau sie Dir alle an, Dieter. Da rennen sie immerzu hinter irgendwas her, lassen sich mit Illusionen vollpumpen, jagen ihren Schimären nach, suchen nach Sinn und bemerken doch nicht, daß alles nur eitel ist.

Komm, trink lieber noch einen, statt hier dumm rumzuquatschen. Mit Deinem Gesülze vertreibst Du mir noch die Gäste. Dann kann ich hier den Laden dicht machen. Willst Du das?

Hämmerle schüttelt den Kopf. Nein, das will er nicht. Ein Mann trägt viel. Aber wenn einem das Wasser bis zum Halse steht, darf man den Kopf nicht sinken lassen.

Wahrlich, das Leben in Gestalt von Susi Scholz hat Jean-Marie Hämmerle übel mitgespielt. Denn wie gesagt, seit einigen Tagen ist alles beim alten und Jean-Marie ist wieder allein. Susi hat ihn verlassen. Und das völlig ohne Grund. Eigentlich wollte Hämmerle nur zum SC. Schließlich darf man seine Dauerkarte nicht verfallen lassen. Und just an diesem Sonntag hatte Susi ihren scheinbar Liebsten definitiv zum Kaffeetrinken bei ihrer Mutter angesagt. Jean-Marie flehte, bettelte, bat um Verständnis. Eine Dauerkarte ist nicht nichts. In Freiburg ist sie mehr als alles. Aber nicht für Susi. Sie hatte ihm die Daumenschrauben regelrecht an den Hals gesetzt, ganz eiserne Jungfrau im lila Sweatshirt. Sie oder der SC. Da blieb Hämmerle nur eine Antwort. Auch Tage später fühlt er sich noch im Recht:

Die Frau hat echt nicht alle strack. Eigentlich hätte mir das gleich auffallen müssen. Die wollte mich klein kriegen, sag ich Dir. Erst so ein klitzekleines Zugeständnis, und schon bist Du verloren. Wenn man solchen Zicken den kleinen Finger gibt, hast Du gleich 'nen Ring dran. Aber nicht mit mir, nicht mit Jean-Marie Hämmerle, das sag ich Dir, Dieter. Und das hab ich auch Susi gesagt. Das läuft bei mir nicht.

Ich bin doch nicht von vorgestern, schließlich hat man schon was erlebt im Leben. Wenn Du da mal drinsteckst, kommst Du nie wieder raus. Ich kann doch nicht bis an mein Lebensende jeden Sonntag Apfelkuchen essen, wo kommt man denn da hin, frag ich Dich, Dieter. Und dann muß ich mir auch noch anhören, daß ich mich nicht auf eine Beziehung einlassen kann, ausgerechnet ich. Dann ist die Ziege sogar noch persönlich geworden. Von wegen ich sei so dick und würde immer so riechen. Am Anfang hat's ihr gefallen, sag ich Dir. Moschus. Wirkt immer, jedenfalls beinahe. Und überhaupt. Die hat es gerade nötig bei dem Chaos in ihrer Bude. Wer seine Strumpfhosen im Bad liegen läßt, der denkt auch so. Und das hab ich ihr dann auch gesagt. Und noch mehr. Die ist so schlampig, die hat sogar noch meinen Schlüssel. Wie die sich gleich an mich rangeschmissen hat, war sowieso nicht normal. Ich sag zu ihr: "Du bist ja nymphoman". Das hat sie zuerst nicht so richtig kapiert. Dann sag ich: "Männergeil". Und weißt Du, was sie sagt? "Besser als so verklemmt wie Du". Ich und verklemmt! Da lacht ja quasi jede zweite Frau in Freiburg. Zurückhaltend vielleicht, okay. Man muß ja nicht immer gleich mit der Tür ins Haus fallen. Dezent. Das ist mein Stil, Dieter.

Dieter antwortet nicht. Er kennt das alles. Pflanzt ein Bier vor Hämmerle auf die Theke und verzieht sich. Jean-Marie zischt das Bierchen in einem Zuge runter. Dann ist sein Nachbar dran:

Dezent eben, sage ich Ihnen. Oder finden Sie solche Typen etwa gut, die allen Weibern immer gleich an die Wäsche gehen?

Kommt drauf an. Der Mann ist offensichtlich durch nichts

zu erschüttern. Hämmerle zieht ihn am Ärmel:

Jetzt hören Sie mal gut zu. Sagt die doch zu mir, jemand wie mich findet man an jeder Ecke. Genau, sag ich Ihnen, mich finden Sie hier auch an jeder Ecke, schließlich bin ich Taxifahrer. Ich komm ganz schön rum, nebenbei gesagt. Aber das ist quasi nur mein Brotberuf. Berufungsmäßig bin ich eine Art Universalgelehrter, ein Renaissancemensch, wenn Sie wissen, was ich meine. Ein Renaissancemensch mit Einschlag ins Barocke. Ein Genießer. Ein Katholik eben.

Ich bin evangelisch. Aber Euer Dom hier ist klasse.

Jean-Marie wendet sich ab. Auch das noch. "Euer Dom"! Ein Tourist! Kein Wunder, daß der ihn nicht versteht. Er ordert ein weiteres Bier und während er mit den Händen in Richtung Pikulski wedelt, rückt er geschickt einen Stuhl weiter. Mit manchen Leuten darf man sich gar nicht erst abgeben. So wie mit Susi. Genau. Hämmerle wackelt mit dem Kopf. Man sollte einfach die Finger von den Weibern lassen. Das bringt nur Ärger. Fast alle großen Männer waren solo. Kant, Lichtenberg, Schopenhauer, Nietzsche. Vielleicht sollte er doch endlich sein großes Werk über die Entstehung der Unerträglichkeit im menschlichen Dasein in Angriff nehmen. Eine Metatheorie der Leichtigkeit. Oder so. Woher kommen wir? Wohin gehen wir? Und wo bleiben wir, wenn wir weg sind? Die großen Menschheitsfragen eben.

Mensch, Jean-Marie, so kann das doch nicht weitergehen. Schlag Dir die Alte endlich aus dem Kopf. Pikulski ist ein echter Freund. Er stellt Hämmerle einen extragroßen Grappa neben das frischgezapfte Pils.

Und weißt Du, was der Hammer ist? Hämmerle kippt den Grappa und schaut Dieter fragend an.

Nö. Dieter hat keine Ahnung.

Der Hammer ist, am Ende sagt die, ich war schon halb aus der Wohnung, Hämmerle, sagt die zu mir, das zahl ich Dir heim. Und dabei hat sie geguckt wie Frankensteins Braut.

Pikulski grinst:

Mach Dir nicht ins Hemd, Mann. Alles nur Show. Das hat sie zu mir auch gesagt. Und? Was ist passiert? Nichts. Ich stehe immer noch hier. Prösterchen.

Die beiden Freunde trinken Ex.

Ein Stündchen später ist Hämmerle auf dem Heimweg Richtung Zasiusstraße. Schweren Schrittes überquert er den Schloßbergring. Dann den Schwabentorring lang, vorbei am Taormina, eine von seinen Pizzabastionen. Die Margherita für fünf Mark. Die Dreisam rauscht wie immer und tut, als wäre nichts. Ein Stück weiter ist die Automaten-Emma hell erleuchtet. Jean-Marie zieht sich ein Ganter für den Rest des Weges. In der Wiehre ist es stockdunkel. Die alten Bäume rauschen. Die Wohnmobile haben ihre Ruhe. Nur einmal schrecken sie kurz auf, als Jean-Marie seine leere Pfandflasche in den Glascontainer donnert. Der Höllentäler singt dazu sein Lied. Die Kneipen haben zu. Also nichts mehr mit einer kleinen Diskussion über Jean-Luc Godard im Alten Wiehrebahnhof. Hämmerle ist allein. Er klaubt ein kleines Stöckchen auf und wirft es in die zitternde Nachtluft und träumt davon, daß es sich in ein Raumschiff verwandele und er sitzt drin. Unterwegs in das dunkle, geheimnisvolle All. Aber seine Odyssee im Weltraum endet vor seinem finsteren Hauseingang in der Zasiusstraße. In den tiefen Taschen seiner 501 fummelt er einen Augenblick nach dem Hausschlüssel. Dann geht das Gefummel am Schloß weiter. Für einen Moment schießt ihm Susis Bild durchs Hirn. Aber was soll's, das Leben geht schließlich weiter. Sogar die Tür geht auf ohne zu klemmen. Hämmerle macht das Licht an. Weiber gibt es schließlich genug. Da wird sich schon was machen lassen. Und so toll war Susi auch wieder nicht. Bei dem Gedanken pfeift sich Hämmerle eins. Ganz klassisch. Freude schöner Götterfunken. Und fast beschwingt macht er sich auf den langen Weg in den vierten Stock. Positiv muß man den Tag beenden! Vor dem Schlafengehen noch einen Selbstgebrannten und dann hängt der Himmel wieder voller Geigen.

Im dritten Stock geht wie üblich das Licht aus. Die knausrige Hausverwaltung hat das irgendwie falsch eingestellt. Ein alter Mensch käme doch nie im Hellen oben an, denkt sich Hämmerle. Er nimmt die letzten Stufen immer im Dunkeln. Erst vor seiner Tür drückt er wieder auf den kleinen leuchtenden Lichtschalter an der Wand. Und dann trifft ihn der Schlag, wie ihn noch nie der Schlag getroffen hat. Hämmerle greift sich ans Herz:

Peterle, ächzt er. *Mein Peterle. Was haben sie Dir angetan?*

Doch Peterle antwortet nicht. Peterle hängt an der Tür. Zwei große Nägel durchbohren seine Flügel, die kleinen dünnen Krallen sind mit Krampen an das Holz genagelt.

Sein Liebstes. Sein ein und alles. Jean-Marie sinkt kraftlos zu Boden. Das Licht geht aus und deckt für einen Augenblick die grausige Szene zu. In die Dunkelheit fährt wie ein Blitz die Erkenntnis: Susi. Das zahle ich Dir heim, hatte sie gesagt. Nicht nur zu ihm. Auch zu Pikulski. Und wirklich, Susi hatte Wort gehalten. Alles, was ich am liebsten habe, machen sie kaputt, hatte Dieter gesagt. Karlo. Nicht im Häuserkampf gefallen. Nicht das Opfer städtischer Sanierungspolitik und mafiöser Makler. Die Weißwandreifen. Nicht als Fetisch von einer verrückt gewordenen Voodoo-Gruppe zerstochen. Und jetzt Peterle. Getötet für Mutter Scholzens Apfelkuchen und eine SC-Dauerkarte. Gemeuchelt von einer durchgeknallten Krankenschwester. Geopfert im Kampf um Freiheit und Selbstbestimmung und für die Sache der Männer. Hämmerle wischt sich eine Träne aus dem Augenwinkel.

Der Fall ist klar. Das ist das Ende von "Katzenkiller". Doch Jean-Marie Hämmerle kommt wieder.

Freiburg-Krimis

Sterben, wo jeder zweite Deutsche leben möchte.

Holen Sie sich eine Gänsehaut aus der wärmsten Gegend Deutschlands ...